Sonya
ソーニャ文庫

抱いてください、ご主人様！

飯塚まこと

イースト・プレス

contents

1章

深呼吸をするために大きく息を吸い込むと、食べ物の匂《にお》いに混じって潮《しお》の香りを感じる。額《ひたい》に滲《にじ》む汗を拭《ぬぐ》ったサラは、ここはどこだろうと周りを見回した。

記憶の中のどこの景色とも違う街並みが続く光景に、心細さが込み上げてしまう。

煉瓦《れんが》の敷《し》き詰められた街道。その両側に立ち並ぶ商店や家々。見慣れない立派な建物には美しい彫刻《ちょうこく》が施《ほどこ》されている。

無我夢中で走って来たから気がつかなかったが、行き交う人々の服装もサラのものとは比べ物にならないほど華美《かび》で豪華《ごうか》だ。道の端《はし》にしゃがみこんで呼吸を整えていると、日傘を差したご婦人が不審な目を向けてきたが、関わりたくないと考えたのか足早に立ち去っていく。

（この街の中では、私の存在は随分《ずいぶん》と異質なんだろうな……）

人目を避けるように、街道から横にのびる細い路地に身体を滑《すべ》り込ませようとすると、

「見つけたぞ！　向こうだ！」と迫力のある男の声が響きわたり、慌ててまた走り出した。

（本当にしつこい！）

心の中で毒づきながら奥へ奥へと細い道を駆け抜けていく。

見知らぬ街の見知らぬ道は迷路のように入り組んでいて、逃げるにも追うにも苦労する造りになっている。いや、逃げる分には最適なのかもしれない。

時折後ろを振り返り、追っ手の姿が見えないことを確認してから置物の陰に身を隠す。

（どうして私がこんな目に遭《あ》わなくちゃいけないの）

もう何度目かも覚えていない愚痴《ぐち》を吐き出すが、一人で頭を抱えていても問題が解決することはないと結論を出して立ち上がる。

今はとにかくこの街を離れて遠くに行かないと駄目だ。

疲労のあまり痛む身体を叱咤《しった》してともかく歩き出す。道の先に何があるのか、どこへ向かっているのかも分からない。

こんなことになったのは、父親の借金が原因で、ある日突然の出来事だった。出稼《でかせ》ぎに出ている父親が内緒で借金をつくったまま蒸発《じょうはつ》してしまったのだ。

予告もなしに借金取りたちに家を差し押さえられ、ついでのようにサラも捕らえられ……詰め込まれた馬車から隙《すき》を見つけて何とか逃げ出すことには成功したけれど、逃げ出す前に腕の拘束を解《と》くのに時間がかかり過ぎたせいでまったく見知らぬ街で彷徨《さまよ》う羽目《はめ》になってしまった、という展開だ。

ない。

（可愛《かわい》い一人娘に後始末を押しつけて、自分は黙って逃亡するなんて人の親としてあり得ないわ！）

しかも父親が借金をつくったのはこれで二度目だから笑うに笑えない。

元々商人だったサラの父親は、取引先の関係者と名乗る人物からの共同経営の誘いに乗ってしまい、店の利権を騙《だま》し取られてしまったのだ。

店を失ったことで田舎に引っ越す羽目になり、最愛の妻にも出て行かれてしまうという経験をしたにもかかわらず、何故二度目の借金をつくれるのか、正直言ってまったく理解ができない。

（今なら親子の縁《えん》を切っても許される気がするわ）

借金をつくってしまったのは仕方ないにしても、家で待つ娘に危険があることを知らせないまま逃げる父親は最悪だと断言できる。

（私は父親に捨てられたことになるのかしら……母親にも置いていかれて、父親にも捨てられて……私って何のために生まれたんだろう）

ジワリと滲む涙を慌てて拭う。

今泣いたら本当に必要のない人間だと認めてしまうことになる。だから手のひらを強く握り締めて、泣くのを堪《こら》えた。

重たい足取りで狭い通路を進んでいくと、道の隙間から夕陽に照らされた港が見えた。

無意識に息を呑《の》んでしまうほどの美しい光景は、いつどんな気持ちの時に見ても変わりはない。

心のどこかでそんな詩的なことを考えていると、「いたぞ！　向こうだ！」と借金取りの怒号が響いて、慌てて緩やかな下り坂を全力で駆け抜けた。

(最悪だわ！)

走りながら後ろを振り返ると、二人の男がサラを追いかけて来ている。彼らはサラを捕まえるために雇《やと》われた荒くれ者たちだ。

獲物《えもの》を捕まえなければ金がもらえないと言っていたから男たちも必死だろうが、自分の人生が懸かっているからサラも捕まるわけにはいかない。

煉瓦造りの道はかなり走り辛い。足を取られそうになり何度も転びかけながら下り坂の下へ下へ向かって進んでいくが、見知らぬ街の見知らぬ道は予期せぬ難題をサラに突きつける。

サラが選んだ道の先は小さな広場に続いていて、不運なことにそこで行き止まりだったのだ。

(どうしよう。後ろには戻れないし、前は行き止まり……でも、まだ下があるわ！)

煉瓦造りの塀に手をかけて広場から下を覗き込むと、眼下には港が広がっていた。木で組まれた橋桁《はしげた》近くには何隻もの大きな船が停泊《ていはく》していて、海の波が船を不規則に揺らしている。

(下まで距離はあるけど、海に落ちれば怪我《けが》は免《まぬが》れるかもしれない……)

そうは思ったが、このまま飛び込めば海まで届かず、海岸に墜落してしまうだろう。

だから、たまたま下を歩いていた男と目が合った時に咄嗟《とっさ》に叫んだ。

「受け止めて！」

本当は怖かったけれど、借金取りの怒号に背中を押されるようにして、塀に足をかけて思い切り身体を持ち上げる。

波の音に交じって「嘘だろ！」と聞き覚えのない声が耳に届いた。その声が下にいた男の声だと理解したのと同時に、サラは文字通り男の胸の中に飛び込んでいたのだった。

最初に感じたのはぶつかる痛み。その次に背中に腕が回される感触。

突然上から降ってきたサラを律儀にも受け止めてくれた男は、勢いが強過ぎて踏ん張りがきかなかったようで、サラを抱きしめたまま背中から桟橋《さんばし》に倒れ込んだ。ゴンッと痛そうな音が響き、男のうめき声が聞こえる。

身体に感じる鈍い衝撃に顔を顰《しか》めながら、さっきまで自分のいた場所を振り仰《あお》ぐと、借金取りの男たちが身を乗り出すようにこちらを睨《にら》みつけていた。ただ、さすがに飛び降りては来ないらしい。遠回りして追って来そうな気配を察して慌てて起き上がり、自分が着地マットにしてしまった男の存在を思い出してハッとする。

「大丈夫？　怪我はしてない？　生きてる？」

「……死んでいるように見えるのか？」

「なら生きてるのね。良かった。受け止めてくれてありがとう！　このご恩は一生忘れません！　さようなら！」

「おい、逃げるな」

「わっ！　は、離して！　私、今すっごく急いでるの！」

襟《えり》の後ろを摑《つか》まれて、あまりの息苦しさに一旦足を止める。

借金取りの追跡に焦《あせ》りながら襟を摑んで離してくれない男を振り返ったサラは、炎の淡い灯りに浮かんだ美しい金色の髪に思わず見惚《みと》れてしまいそうになった。

暗がりでも分かる美しい金色の髪を持った男は、整った顔についている眉を不機嫌そうに寄せて睨んでいるが、その表情すらも絵になっている。

まるで物語の中から飛び出して来た王子様と出会ってしまったかのようだ。

一瞬だけドキリと胸を高鳴らせたが、次の瞬間、片手で両頬を挟むようにガシッと摑まれ、ときめきがたちまち霧散《むさん》する。

「ちょっと！　い、痛っ……何するのよ！」

「『助けてくれてありがとうございます』は？」

「えぇ？　お礼を強要するつもり？　あり得な……」

強気に反抗をしようとしたサラに、男は冷静な瞳をスゥッと細めた。

ただそれだけの仕草に妙な威圧感を受け取り、サラは慌てて吐き出そうとした文句の言葉を引っ込める。

「ありがとうございます！　助けてくださって本当に助かりました！　心の底から感謝し

ていますから離して！　痛いからぁー！」

『離してくださいお願いします』」

「分かったわ！　言う！　言うから本当に離して！　離してくださいお願いします！」

「断る」

「言わせておいてそれはないでしょ！　嘘つき！」

「離すと約束してはいない。だから嘘は言っていない」

「離してくれないと盛大に喚くわよ！　離せ離せ離せ離せはーなーせー！　離せって言っ……むぐっ！　ん――！」

頬を摑んでいた手で強引に口を塞《ふさ》がれた。

こうなったら目の前の手に嚙《か》みついてやろうかと企んでいると、桟橋に慌ただしい足音が響いて借金取りが目の前に立ち塞がる。

散々逃げ回って来たせいで彼らはかなり苛立っているらしく、ようやく追い詰めたサラに向ける目には殺気の光が宿っていて、背中にゾッと冷や汗が浮かんだ。

金髪の男は借金取りに不審そうな顔を向け、「何だこいつらは」と呟《つぶや》く。

その呟きに答えたのはサラではなく借金取りの方だった。

野太い声で「その女はオレたちの獲物だ。こっちに渡してもらおう」と言われ、サラは迫力に圧倒されてゴクリと唾《つば》を呑み込んだ。

今まで何とか逃げて来られたけれど、この状況から逃げられるかと聞かれたら、無理だとしか答えられない。

思わずジリッと後ずさる。

サラが後ろに足を下げたことにより借金取りの纏《まと》う空気にピリリとした緊張が走った。

小声で金髪の男に離して欲しいと再度頼む。強がってはいるものの、声がわずかに震えてしまった。

サラの頼みに男は静かに視線だけを動かすと、深く息を吐き出した。それから顔を借金取りに向け、よく通る低い声で「気に入らないな」と呟いた。

「このガキが何の悪さをしたかは知らないが、刃物を向けて追い詰めるなど大人げないと思わないのか」

「ガキじゃないわ！」

金髪の男はサラの反論を聞かなかったことにしたようで、冷静な眼差しを借金取りに向けていた。

「お前には関係ねぇ！　早くその女を渡せ！　痛い目に遭いてぇのか！」

「関係はある。オレはまだこのガキから謝罪を受けていない。納得のいく謝罪がされるまでは解放するつもりはない」

「だから私はガキじゃないわ！　それに、さっきちゃんと謝ったでしょ！　だから離して！」

「あんなやる気のない謝罪で許せるはずがないだろ。オレが納得するまで謝らせてやるから覚悟しろ」

「陰湿《いんしつ》過ぎるでしょ！　アンタのせいで捕まったら一生恨んで呪《のろ》ってやる！」

「ついさっき『一生ご恩は忘れない』と言っていたのに、随分と変わり身が早いな」

「も——！　離してってば！」

「『怪我をさせてしまい申し訳ありませんでした。誠心誠意償《つぐな》います』は？」

「絶対に言わない！」

「おい、オレたちを無視するな！」

放置されていた借金取りが、凶悪な顔を更《さら》に怖く歪《ゆが》ませて怒鳴る。

漂う殺気にサラは身が竦《すく》んでしまい、カラリと渇いた喉が意味もなく上下に動いた。

足が勝手に逃げを打つのも本能のせいだろう。後ずさったせいで桟橋の板がギシッとしなる。

問題は、さっきから襟首をしっかり摑んで離さない男の存在だ。こうなったらこの男を突き出してその隙に逃げようかとも思ったが、服を離してもらえない限り道連れになってしまう可能性がある。

無理やり身体を捻《ひね》って抜け出そうとするが、動くたびに首が絞《し》まって苦しい思いをするだけで、一向に解放される気配はない。

こうなったらありとあらゆる文句をぶつけてやろうと思ったサラは、知らぬ間に金髪の男の手の内にあった物体に目が留まり固まった。

男が手にしているのは、サラの記憶が正しければ銃《じゅう》だ。役人や貴族、王族の付き人くらいしか持っていないはずの高価な銃を、男は堂々とした態度で借金取りへと向けていたのだ。

美しい金色の髪を優雅に靡《なび》かせる男は、サラの視線を気にする素振りも見せない。

（……この男、一体何者？）

「力ずくが通用すると思うなら試してみるんだな」

口調は静かなのに、威圧感が滲んでいる。

その様は実に堂々としていて、若干……いや、かなり偉そうだ。

主導権が完全に金髪の男に切り替わる。

あんなにしつこく追いかけて来ていたのに、銃口を向けられて怯《ひる》んだのか、借金取りは諦《あきら》めたように踵《きびす》を返して立ち去っていく。

初めて見た借金取りの背中にポカーンと口が開いてしまったのは、あまりにもあっけなく退散していったからだ。

（銃に立ち向かってまで奪うような価値が私にはないってことだろうけど、見逃してもらえて嬉しいような……少しだけ悲しいような……）

複雑な気持ちを持て余しながら、去っていく借金取りの後ろ姿を見送る。

「あの男たちも、お前に下敷きにされた被害者か？」

「私を暴れ馬みたいに言わないでもらえる？　あの男たちは……色々あって追いかけられ

ていただけよ」

「色々……ね」

「それより早く離して！　アンタの気が済むのならいくらでも謝るから！」

「今度は素直だな」

「アンタがあいつらに私を引き渡していたら逃げられなかったことくらい私にだって分かるわ。一応……だけど、ありがとう」

言い辛くて段々と小声になってしまう。

男は先ほどまでとは違うサラの態度にヒョイと片眉を上げ、やれやれといった様子でようやく解放してくれた。

ただ、解放された瞬間に走り出そうとしていたことは先読みされていたらしく、またしても襟首を摑まれてグエッと首が絞まる。

「謝ったら許してくれるんじゃなかったの!?」

「まださっきの男たちがうろついている可能性がある。捕まりたくないなら一人でぶらつくのは避けた方が賢明だ」

「一人でも平気よ！　今までも私だけで何とかなってるんだから、これからも大丈夫」

「今までが幸運だっただけだ。家まで送ってやる。馬を用意するから待っていろ」

「いらない」

「強がりも程々にしろ。それに、お前が平気でも心配している家族が居ることを忘れるな」

　男の意見は至極真っ当なものだったが、今のサラには男の選んだ言葉がナイフのように胸に突き刺さる。

　込み上げてくる悲しみに涙がジワリと滲みそうになり、唇をキュッと強く引き結んだ。

「心配してくれる家族なんて私には居ない。家には帰らない。だから放っておいて」

　借金取りが家に踏み込んで来た瞬間も、目の前で思い出の品や宝物を全て没収される光景も、大柄な男たちに身体を押さえつけられて縛り付けられる恐怖も……全部忘れることなんてできない。

　怖かったし悲しかった。震えが止まらなくて、本当に辛かった。

　そして全ての元凶が家族である父親の借金だったなんて笑えない。

（愛し合い心配し合うのが家族なら、私にはもう家族は存在しないのだわ）

　金髪の男は、キッと睨みあげるサラを静かに見下ろすと、一度視線を外して何かを考えるように顎《あご》に指をあてた。

「お前、もしかして、家出をしてきたのか？」

「……え？」

「どうせ親か兄妹と喧嘩《けんか》でもしたんだろ。家出なんてやめておけ。危険なだけで何も得るものはない。それより早く戻って謝った方が仲直りもしやすい」

「違うわ！　家出じゃない！　勘違いしないで！」

「家の場所は？　お前の名は？　言いたくないなら役人のところへ連れて行く」

「だから、家出じゃないって言ってるのが聞こえないの!?」

「あと十秒で名乗らなければ役所に連行する。それが嫌なら白状《はくじょう》しろ」

「嫌よ！　そもそもアンタこそ何者なのよ！」

「チェスターだ。チェスター・ハンコック。これでオレが怪しい人間じゃないと分かっただろ？　お前の名は？」

「名前を聞いただけで判断できるはずがないでしょう」

「ハンコックの名を知らないとは……どこの田舎者だ？」

「私の住んでた場所では、ハンコックなんて名前、一度だって聞いたことないわ。つまり大した名前じゃないってことよ。驕《おご》らないで」

「……十秒経った。後は役人に任せるか」

「ちょっ！　抱えないで！」

ひょいと小脇《こわき》に抱えられて足をバタバタさせる。

(役所に連れて行かれたら大変だわ！)

役所で家出人として保護されると、すぐさま家に連絡が入るだろう。

本当に家出ならば家族や親戚が迎えに来て、無事に解決となるだろうが、サラの場合は家が借金の抵当《ていとう》に取られているため、連絡は逃げた父親でも居場所の分からない母親でもなく、借金取りに行ってしまう。

一難去ってまた一難とはこのことだ。

「お願いだから離して！　離してくれないと誘拐犯って大声で叫ぶわよ！」

「助けてやった恩人に大層な仕打ちだな」

「誰か！　助けて！　誘拐される！　連れ去られるー！」

「無駄だ。ハンコックの名の力は強い。お前がいくらオレを陥《おとし》れようとしても誰も話は聞いてくれない」

「止まってよ。ねぇ！　えっと……チェ、チェスターだっけ？　チェスター止まって！　止まってください お願いします。止まって！　止まれー！」

「後でな」

「今！」

こうなったら役所での手続きの最中にこっそりと逃げ出すしかないのだろうか。だが、この男がそう簡単に隙を見せてくれる気がしなくて、できるだけ早く逃げ出さないとマズイ予感がしてならない。

どうしようかと焦っていると、サラたちの前に一人の男がふらりと現れた。

「こんな場所にいたんですかい。随分捜したんですよ」

ゆったりと結ばれた長い髪が特徴的なその男は、独特の雰囲気があり、第一印象はまさに怪しい男だ。服の袖から覗く腕に彫《ほ》られた刺青《いれずみ》も男の怪しさを強調している。

ガス灯の淡い灯りの中を進み出てきたその見知らぬ男は、イヴァンと名乗った。もちろん聞いたことのない名前だし、こんな男とどこかで出会っていたら忘れるはずがないから、初対面で間違いないだろう。

　しかしイヴァンはチェスターではなくサラに向かって「迎えに来た」と言う。心当たりが無さ過ぎてサラはきょとんと大きく瞬《まばた》きをした。

　イヴァンは口角を上げると、胡散臭《うさんくさ》そうに眉を顰《ひそ》めるチェスターに大げさな動作で礼を述べた。

「お前は？」

「その腕に抱えられている荷物の保護者みたいな者です。拾っていただき助かりましたよ、ハンコックの若旦那」

「……保護者、ね。随分と胡散臭い保護者だな」

「よく言われますわ。でもオレはしがない宿屋の用心棒でしてね。荒くれ者共を牽制《けんせい》するために刺青を彫ったりはしてますが、真人間《まにんげん》なんですよ」

「オレにはさっきの男たちの仲間にしか見えないが、このガキの保護者というなら証拠はあるのか？」

「さっきの男たち？　はて、何のことでしょう？　あぁ……もしかして何か事件に巻き込まれてたんですかね」

　演技にも見える仕草で肩を竦めたイヴァンは、チェスターに向かい頭を軽く下げる。

「スミマセン若旦那。その子はまだ田舎から出て来たばかりで都会の夜の怖さを知らないんですわ。後でしっかり注意しておきます」

「こいつは迎えに来る者は居ないと言っていたぞ」

「家庭の事情でウチの宿屋に奉公に出されたものですから、捨てられたと勘違いしているだけですよ。よくあることです」

警戒を解く様子のないチェスターは、サラを小脇に抱えたままイヴァンを見据えている。

サラは目を細めて暗がりに浮かぶイヴァンを眺め、わずかに首を傾げた。

(私を誰かと間違えているのかしら？)

もしそうなら、この会話の流れに乗れば、とりあえず役所に連れて行かれる危険は回避できるはずだ。

「お前さんがいなくなって、みんな心配しているぞ」

「う、うん……ごめんなさい」

目前の危機を乗り切るために、あえてイヴァンの話に乗り、顔見知りを装う。

チェスターはサラを地面に降ろしはしたが、まだイヴァンの存在を疑っているようで、サラにだけに聞こえるような小さな声で問いかけてきた。

「あの男に脅《おど》されているのなら助けるが、どうする？」

サラは首を横に振って否定をして、改めてチェスターの顔を仰ぎ見た。

夜空に輝く星のような金色の髪も美しいけれど、顔立ちもとてもキレイだ。

ぼーっとしているサラを尻目に、イヴァンはズボンのポケットに手を突っ込むと、赤色の小さな四角いものを取り出し、チェスターに差し出してきた。

「機会があればいつでもいらしてください。従業員を拾っていただいたお礼にサービスしますよ」

「遠慮しておく」

チェスターは相変わらずイヴァンを胡散臭そうに見据えたまま、やんわりと断る。

イヴァンもイヴァンでぞんざいな扱いに慣れているようで、残念そうに軽く笑うだけで、特に文句を言うことはなかった。

「そろそろ戻りますかね。宿のみんながお前さんの帰りを心配して待っているぞ」

「……分かったわ」

「では若旦那。良い夜を」

板張りの桟橋をイヴァンが先に歩き出す。

チェスターに変に思われないようにイヴァンを追って歩き出そうとすると、思い出したかのようにチェスターが声をかけてきた。

「お前、名前は？」

海風に乗って聞こえてきたその声は、不思議と無視できない力を秘めていて、少し迷ってから「サラ」と返事をした。

本名を名乗ったのは、彼とは二度と会うことがないと信じ切っていたからだ。

もしかしたらチェスターも同じことを思っていたのかもしれない。

つかの間、視線が絡む。

サラは一瞬、時間が止まったかのような感覚に襲われた。

けれどイヴァンに呼ばれて、後ろ髪引かれる思いを断ち切って、チェスターに背を向ける。

それでも感じるチェスターの視線が気になって少しだけ振り返りそうになると、「惚れたのか？」とイヴァンがからかいを含んだ口調で言ってきた。ムッと眉根を寄せて違うと否定する。

「アレは止めておけ。お前さんとは住む世界の違う男だ」

「違うって言ってるじゃない。それよりイヴァンさん。私、貴方の捜している従業員じゃないの。人違いをしているわ」

「そんなことは知っている。分かっていて声をかけたんだからな」

「……もしかして、貴方も借金取りの仲間？」

「警戒しなくていい。信じられないだろうがオレは奴らの仲間ではない」

「……警戒するなと言われても、難しいと思うんだけど」

「確かに。なら先に正しい自己紹介だ。オレは本当は宿屋の用心棒じゃない。売春宿のオーナーをやっている。簡単に言えば悪い男だ」

「売春宿って……確か違法のはずじゃ……」

「だから悪い男だと言っただろ？　だが嘘偽りのない自己紹介だ。どうだ？　これなら警戒しなくて済むだろ？」

「余計に警戒したくなったわ」

イヴァンは、チェスターの前では見せなかった悪人面でニタリと笑う。

今日は本当に散々な日だ。借金取りに追い回され、チェスターに荷物扱いされ、挙句《あげく》の果てに違法な売春宿経営者と関わる羽目になってしまった。

サラは、暗がりでも分かるのではないかというぐらいに蒼ざめながらも、弱みを見せたくなくて精一杯怖い顔をつくる。すると、イヴァンはクッと喉を鳴らして笑い出した。

「そうそう、その顔。オレはそれが気に入ったんだ」

「……どういうこと？」

「お前さんと借金取りとの鬼ごっこは実に目立っていてね、興味が湧いて情報屋に調べさせた。お前さんは父親のつくった借金のせいで住んでいた家を差し押さえられ、ついでにお前さん自身も捕まって逃げ出した」

サラがこの街にたどり着いたのは今朝のことだ。そして街中を逃げ回り今に至る。

つまりイヴァンは、その短い時間にこれだけの情報を調べあげた。どんな方法を使ったかは謎《なぞ》だが、彼の雇った情報屋が優秀だったのは間違いないだろう。

「……何が言いたいの？　素性を知っているから逃げても無駄、という意味？」

「脅すつもりはない。オレはただ、お前さんを借金取りから買い取りたいだけだ」

「え……？」

「自分でも気づいてるんだろ？　逃げ切れないと。近い将来、捕われるのは確実だ」

「…………」

「だが、幸運なことにお前さんは借金取りの追っ手から逃げる方法を一つだけ手に入れた。それが何かは言わなくても分かるな？」

夜の街に響くイヴァンの声は、波の音にかき消されることなくサラの耳まで届いた。

イヴァンの意図を察して表情を硬くする。イヴァンはサラの耳に口を寄せると、ねっとりとした口調で囁《ささや》いた。

「オレに買われろよ、サラ」

「っ…………」

「もちろん、オレに買われて行きつく先は売春宿の娼婦だ。けど、生活は保障してやる。このまま借金取りに追われて怯えながら生きるよりも、堂々と娼婦として生きた方が人生楽しいぜ」

言葉の最後に耳にフッと息を吹きかけられ、ビクッと大きく肩が跳《は》ねた。

目を見開いてイヴァンを見上げると、思ったよりも近くに彼の顔があり、慌てて身体を後ろに引く。ゴツッと、後頭部を思い切り壁に打ちつけてしまった。

涙が出そうなほどの痛みだったが、痛みのおかげで少しだけ冷静さが戻った。

イヴァンの身体を手で押し返す。

「アンタの話に乗るのは怖過ぎる」

「怖い？　どこが？」

「存在自体が胡散臭いし、話も私に都合が良過ぎるわ。借金がなくなるなら娼婦にでも何でもなってやるけど、アンタの利点は何なの？　私を娼婦にしたって、アンタが儲《もう》かるとは思えないわ」

「オレは気の強い女が好きなんだ。それと同じくらい金も愛している。世の中は金さえあれば大抵のことができるからな」

「否定はしないわ」

「お前さんは色気はないが金を稼ぐ匂いがする。それと、気の強さもオレ好みだ。こんなに血湧き肉躍《おど》るのは久しぶりだ」

「鼻が詰まってるんじゃないの？」

「もしそうだとしても、今、オレはお前を買いたい気分なんだ。どうするサラ。こんな好条件は二度とないぜ。オレを選んで娼婦になれば、いつかは自由の身になれる。どうだ？　やる気が出るだろ？」

「………………」

娼婦になれ。突然そう言われてもすぐには答えられない。

だが、イヴァンの言う通り、このまま借金取りから逃げ続ける自信はなかった。これから毎日、いつ捕まるか分からない恐怖に怯え、コソコソと隠れて生きる……そんな辛い日々は健全な精神をすり減らしていくだろう。

それよりは、娼婦としての新しい人生を選んだ方がよほど人間らしい生き方ができる気がする。

迷いはあった。借金取りに捕まったとしても、結局娼婦にされる未来が待っているのなら、彼について行くのと、何が違うのだろうか。

けれど、たとえ同じ結末でも「自分で選んだ」のと「強制された」のとでは、サラにとっては大きな違いだった。

「親に捨てられたと思うな。自分が捨ててやったと思え」

イヴァンにそう言われたことも決め手となり、サラは力強く頷《うなず》いた。

「いつか自由になれるのよね？」

「お前がオレに金を返し終わったら自由を約束する。稼げる娼婦になれるように身体もオレ好みに仕込んでやるから楽しみにしていろ」

「変態」

「自覚はしている」

イヴァンは一歩下がってサラの頭のてっぺんからつま先までを何度も見ると、何に満足したのか片方の口角を引き上げて「行くぞ」と歩き出す。

促されて足を踏み出すと、少しだけ希望が湧いた気がした。

「そういえばさっき、チェスターに何を渡そうとしたの？」

「何だ。やっぱりあの若旦那のことが気になるのか？」

「違うわ。見逃してもらうための賄賂《わいろ》かなって思っただけ」

「あの金持ちの若旦那にはした金を渡したところで口利きなんてしてもらえないよ。渡そうとしたのは名刺代わりの紙マッチだ。いかしてるだろ」

先ほどと同じようにズボンのポケットから赤いものを取り出したイヴァンは、サラに向かって軽く放り投げた。

両手で受け取ったそれは赤ワインと同じ色で染色されていて、表面にはお店のマークのようなものが刻印《こくいん》されている。

「お店は非合法なのに、違法の証拠を配り歩いて大丈夫なの？」

「店の名前も住所もどこにも書いてないだろ？　だから問題はない」

「それだと名刺代わりにならないと思うけど……」

「こういうのは店が存在していると匂わせるだけでいいんだよ。そうすりゃあ興味のある人間は探そうとする」

イヴァンの店は警察の摘発《てきはつ》を逃れるために何度も移転を繰り返しているそうだ。そのため、店を見つけるには常連だろうと上客だろうと移転のたびに情報屋から場所を買う必要がある。

「オレの商売仲間の情報屋は相手によって売る情報を変えてる。客人には店の場所。警察や役人にはもぬけの殻《から》になった空き家の場所だ」

「よくそういうこと考えつくわね」

受け取った紙マッチを指で挟んで上に持ち上げる。金色のインクで印字されたマークはどこか高級感がある。

（どこに売春宿の印があるんだろう？）

おそらく、このマークの中に隠されているのだろうけれど、どれだけ見てもさっぱり分からない。

イヴァンも教えてくれる気はなさそうなので早々に諦めてマッチをポケットへしまった。

紳士淑女が行き交う海沿いのこの街は、貿易業や観光業が盛んで活気に溢れている。昼間は子供の笑い声もよく似合う街だが、陽が沈むとガラリと雰囲気を変えるそうだ。

「私はいつから客引きを始めるのかしら？　明日から？　それとも今夜から？」

サラの疑問にイヴァンは笑みを深めた。

「いつから客を取れるかはお前さん次第だ」

彼はそう言って手のひらを上にして腕を伸ばすと、「ようこそ男の楽園へ」と道化師のような仕草で頭を下げながら、とある建物へと顔を向ける。

その先にある建物を目にしたサラは、一瞬だけ、イヴァンにからかわれているのかと思ってしまった。

イヴァンが指さす屋敷は、サラの持つ売春宿のイメージとは正反対の立派なものだったからだ。

貴族が暮らしていそうな四階建てのその屋敷は、庭に植えられた薔薇《ばら》の蔦《つた》が所々に絡みついていて、どこか気品すら感じられる。

違法であるはずの売春宿が、隠れるどころか街道に面した場所に堂々と店を出しているのにまず驚いた。

こんな場所にまさか売春宿が存在するはずがない、という心理を逆手《さかて》にとっているのだろう。確かにこんな立派な屋敷が売春宿だなんて言われても信じられない。

悪知恵が働くものだと思いながら、屋敷に足を踏み入れる。内部も見事な装飾がされており、床には先ほどのマッチと似た色合いの分厚い絨毯《じゅうたん》が敷き詰められていた。

「すごいわね。ここ、本当に売春宿なの？」

「金を稼ぐためには金を落としたくなる環境をつくることが重要だ。オレの店は他の売春宿とは違って高級志向だからな。維持費はそれなりにかかるが、それ以上の利益が生まれる」

「えっと……どういうこと？」

「安い店には貧乏人が集まり、高級な店には金持ちが集まる。んで、最高のテクニックを仕込んだ極上の女を取り揃えてやれば、金を持った人間はいくらでも喜んで金を出すって寸法だ」

この類《たぐい》の店は、利用する客の方に選ぶ権利があると思われがちだが、実は店側もまた来店する客層を選んでいる。イヴァンは金持ちの客に狙いを定め、美しい女を美しく着飾らせて、美しい場所でサービスを提供することにより、他の売春宿とは比べ物にならない利益を生み出しているのだという。

「私……本当にこの店で働けるの？　一生お客さんに指名されなかったらどうする？」

「その心配はしていない。オレは自分の嗅覚に絶対的な自信を持っている。こんなに美味そうな匂いのする女に出会ったことは今までなかった。今すぐこの場で押し倒してその服を毟《むし》り取ってやりたいくらいだ」

「えっ！　ちょ、ちょっと！」

「お前には、オレが直々《じきじき》に手解《てほど》きしてやる。楽しみにしてろよサラ。気が狂いそうになるほどの快楽をお前に教えてやるからよ」

「っ……」

腰に腕を回されて強引にイヴァンに抱き寄せられる。触れられた場所に感じる男の体温に顔を顰めて腕を突っ張ると、イヴァンは嬉しそうに喉を鳴らして笑った。

どうやらこの男は思い通りにならない女に対して興奮を覚える性癖らしい。

背中に走るゾクッとした悪寒に、早まったかもしれないと後悔が胸を過《よ》ぎる。

イヴァンは満足げな顔をしながら、腕の中から抜け出ようとするサラを見下ろしていたが、ふいに聞こえてきた足音の方へと視線を向けた。

「イヴァン、どこへ行っていたの？」

階段の上から澄んだ声が響く。

サラも顔を上げると、階段の手すりに手を乗せた美しい女性が、二階から下りてくるところだった。

海のようなターコイズブルーのドレスを身に纏ったその女性は、艶やかな髪を背中にゆったりと流している。色白の肌は頬だけがピンク色に染まり、ぷっくりとした紅色の唇と相まってあどけなくも見えた。

「その子は誰？」

「紹介しようローズマリー。新しい仲間のサラだ」

イヴァンはサラから離れると、簡単に紹介する。それからサラに「彼女はローズマリー。この店で一番人気の娼婦だ」と教えてくれた。

年の頃はサラとそれほど変わらないだろう。彼女は、娼婦というよりも貴族令嬢と紹介された方が違和感がない気がする。

目の前に立ち止まった彼女は間近で見ても美しく、香水のとても甘い良い香りがした。

「初めましてサラ。貴女もイヴァンに買われたの？」

にこりともせずにローズマリーはそう尋ねてくる。「貴女も」ということは彼女も売られて来たのだろうか。

咄嗟に言葉が出なかったサラは、頷いて返事をした。

ローズマリーの冷たい対応にあまり歓迎されていないのかもしれないとも思ったが、殺《さつ》伐《ばつ》とした雰囲気でもないような気がするから、彼女は元々こういう人なのだろうと推測する。

イヴァンはローズマリーに見せつけるようにサラの腰を深く抱き寄せ、笑みを深めた。

「オレはこれからサラを買い取るために借金取りの元締めに話をつけてくる。三、四日ほど留守にするから、その間にサラを磨《みが》いておいてくれ。客には出すなよ。サラに客を取らせるのはオレが手を付けた後だ」

「相変わらず悪趣味ね」

失礼とも思えるローズマリーの辛辣《しんらつ》な口調にも、雇い主のイヴァンは気分を損ねる様子を見せなかった。サラに彼女に従うよう言い残して先ほど入って来た扉から出て行ってしまう。

彼のゆるく結ばれた髪は、明るい室内で見ると燃え尽きた灰のようにくすんだ銀色をしていた。

重厚な木の扉の閉まる音が屋敷の玄関ホールに響く。

簡単な紹介しかされていない相手と急に二人きりにされ、少々心許なくなったサラは気まずげに俯《うつむ》いた。すると、

「イヴァンに気に入られたみたいね」

と涼しげな声で話しかけられ、ローズマリーを振り返る。

彼女は静かな眼差しでサラを見つめて「可哀想に」と続けた。

「可哀想？　どうして？」

「イヴァンは雇い主としては最高だけど性格と性癖は最悪なの。自分好みの気の強い女を、

無理やり組み敷いて泣かせて犯すのが好きな変態。一日でも一秒でも早くイヴァンの興味が他に移る様に今から祈っておくことを勧めるわ」

「…………」

その話の内容に、にわかに恐怖が湧き上がり、サラはゴクリと唾を呑み込む。

（やっぱり選択を誤ってしまったのかも……）

今ならまだ引き返せるかもしれないと考えたが、引き返しても借金取りに追われる日々に戻るだけだ、と思い直して踏みとどまる。

「……私にはもう他に道はないの。だから、これからよろしくお願いします」

深々と頭を下げる。

ローズマリーはサラの言葉に表情を少しだけ和らげた。

「まずは身体を洗って。温かい食べ物を用意するわ」


こうして、サラの娼婦としての新しい人生が始まった。

記念すべきこの日に入れてもらったお風呂は温かくて、疲れた身体を解《ほぐ》してくれた。

けれど、知らぬ間につくっていた擦り傷にお湯がヒリヒリと沁《し》みて、痛くて一人で静かに泣いた。

後悔や不安や悲しみ……そういうものではない。傷に沁みて痛いから涙が出るのだと自分に言い聞かせながら、湯気《ゆげ》の立ち上るお湯に頬を浸《ひた》す。

（今だけ……今だけでいいから泣かせて欲しい。明日からは泣かないから……）

次の涙は、娼婦から足を洗った時の嬉し涙までとっておこうと心に決める。

お風呂場のガラス越しに浮かぶ星空の煌《きら》めきが、何故か妙に印象的で脳裏に焼き付いた。

2章

イヴァンが借金取りの元締めと話をつけて戻って来たのは、彼の言った通り三日後の昼下がりだった。

淡い藤色のドレスで着飾ったサラを前にしたイヴァンは満足そうに頷くと、大きなあくびを噛み殺してからボリボリと頭を掻《か》く。

借金取りの元締めの居場所が少々遠方だったことと、交渉に神経を使ったことで疲れが溜まっているようだ。

「大丈夫？」

「眠いだけだ。少しだけ休む。お前への手解きはその後だ」

「……分かったわ」

イヴァンはそう宣言すると、部屋の奥に置かれたソファーに身体を横たえた。

あっという間に聞こえてきた寝息に、眠りを妨《さまた》げないように足音を忍ばせて部屋の外へと出る。廊下の窓の外にはお日様に照らされて光る海が広がっていて、眩《まぶ》し過ぎる光景に目を細めた。

（……数時間後に私はイヴァンに抱かれる…）

もちろん男に抱かれるのは初めてだ。娼婦になるということは性を売るということで、これからイヴァンだけでなく数えきれない男と寝ることになる。

借金を返すためにはどちらにしろ働かなければいけないし、待遇の良さそうなイヴァンの店に雇ってもらえたのは幸運であるはずだ。

ただ、頭ではそう理解していても、心の奥では納得できていなかった。素敵な男の人と甘酸っぱい恋をして、ドキドキするようなキスをして、気持ちを確かめ合いながら愛し合って結婚をして……。

そんな、高望みでもない夢が全部叶わないと決まってしまった。

好きでもない男に初めてを捧げ、娼婦になるための手解きを受ける。借金のためには仕方ないと諦めはしたけれど、心の奥にしまった本音が「虚《むな》しい」とため息を零《こぼ》すのだ。

もう少し早く恋をしておけばよかった。

もう少し早く素敵な人に出会いたかった。

「せめてファーストキスだけでも、好きな人としたかったわ……」

呟いた独り言は誰に聞かれるでもなく消えていく。キラキラと揺れる海からの反射光のせいか、何となく自分が泣いているかのような感覚に襲われた。

けれど、嘆《なげ》いても無駄だ。人生は楽しいことだけではない。悲しいことも苦しいこともある。いつか借金を返し終えて娼婦から足を洗うことができたら、その時に初恋を始めればいい。

心を落ち着けて歩き出すと、娼婦仲間から買い物を頼まれた。得意客用のパイプ煙草《たばこ》の香料が切れてしまっていたため、急きょ買い出しが必要になってしまったそうだ。

サラ以外の娼婦たちは営業に向けての身支度に忙しくて、手が離せないらしい。

銘柄を聞いて外へ出かける。三日前、この港街にやってきた時はみすぼらしい格好で怪《け》訝《げん》な目を向けられたのに、娼婦として着飾っている今は街の雰囲気に溶け込んでいて、それが何よりも皮肉に感じた。

小高い丘の上に建つ屋敷から緩やかな下り坂を海に向かって進み、目的の煙草屋で頼まれた香料を購入する。

店主にお礼を言って来た道を振り返ったサラは、そこで、見知らぬ男たちに行く手を阻まれていることに気づいて眉根を寄せた。

一瞬、借金取りかと思ったが、借金はイヴァンが代わりに返済してくれているから彼らが追って来る理由はなくなったはずだ。

とすると、『仕立ての良いドレスを着た女が屋敷から一人で出て来た』という状況から、金持ちの娘が無防備でいると勘違いをして誘拐を企んでいるのだろう。あの屋敷が売春宿だと知っている人間は少ない。

何でこんなにトラブルに巻き込まれるのだろうか。

獲物に狙いを定めるように距離を詰めてくる男たちに背を向けて、サラは全力で走り出した。

こういう時にドレスは厄介だ。スカートを捲《まく》りあげても走り辛いし、ウエストが絞られているせいですぐに苦しくなってしまう。

追いかけて来る男たちの声を背中越しに聞きながら、細い道から更に細い道へと進み、小さな段差を飛び越えて、角を勢いよく曲がる。

「わぁっ！」

その時、目の前に現れた人に、顔面から思い切りぶつかってしまった。そのまま後ろに倒れそうになる身体が、がっしりとした腕に抱き寄せられる。

「す、すみませ！　……ん？」

慌てて謝って顔を上げたサラは、今自分がぶつかった人物が誰なのかを確認して、目を見開いた。驚いたのは相手も同じだったようで、サラと同様に信じられないという顔をしている。

ぶつかった相手は、三日前サラを家出人扱いした男、チェスターだった。

偶然の再会に固まった二人はしばらく顔を見合わせていたが、追いかけて来た男たちの声が聞こえてきて、サラはチェスターの背中に回り込んだ。チェスターは面倒臭そうな顔をして背後のサラを睨んでくる。

「お前に会うと、碌《ろく》なことに巻き込まれないな」

「私だって好きで巻き込まれてるんじゃないんだから仕方ないでしょ！　この前みたいに追っ払って！」

「断る、と言ったら？」

「アンタを盾にして私だけ逃げる」

「助けたくなくなるセリフだな」

「あの男たちは誘拐犯なの！　私を誘拐して身代金を要求しようと企ててる悪い奴らなの！」

「オレはてっきりお前がまた下敷きにして怒らせたのかと思ったよ」

これ見よがしにため息をついたチェスターは、男たちへ視線を向けた。一応助けてくれるのだと分かってサラはホッと胸を撫《な》で下ろす。

「チェスター、その女はお前の知り合いか？」

その声に、チェスターが一人でないことに今更ながら気がついた。

「ジェド。すまないが野暮《やぼ》用ができたようだ。こいつはこの前話した家出人のサラだ」

チェスターに声をかけてきた、眼鏡の奥の涼しげな目が印象的な男は、ジェドというらしい。チェスターよりも声が低く声色も落ち着いている。黒に近いこげ茶色の髪の毛が、そんな印象に見せているのかもしれない。

その彼が納得したように頷くから、家出人じゃないとすかさず反論しておいた。

追って来た男たちは、サラを見つけてニヤリと悪どい笑みを浮かべたが、その直後、チェスターとジェドの存在を見つけて狼狽《うろた》えるように視線を彷徨わせる。

それも当然だろう。女であるサラ一人なら簡単に捕まえる自信があっただろうが、大の男が二人もいたら話は別だ。

「この女で金儲けを考えているのならやめておけ。この女は金持ちの令嬢とは程遠い、お転婆が取り柄の元家出人だ」

チェスターの言葉にジェドも同意するように小さく頷く。

誘拐犯たちはチッと舌打ちをすると、サラの誘拐を諦めてどこかへと消えていった。

サラは大きく安堵の息を零す。

「何でこんな目にばっかり遭うのかしら……」

「それはオレのセリフだ」

呆《あき》れた顔をしたチェスターはおもむろに腕を伸ばすと、大きな手のひらでサラの顔をガシリと掴んだ。

「ち、ちょっと！　顔を掴まないで！　苦しい！」

「『助けてくれてありがとうございました』は？」

「またそれなの？　アンタちょっとしつこいんじゃ……痛っ！　あ、ありがとうございましたチェスター様！　助かりました！　このご恩は一生忘れません！」

「お前の『一生忘れない』はあてにならない」

摑まれた頬をギリギリと締められる。

それほど力が入れられていないのは分かっているが、それでも痛いものは痛い。

彼の手を振り払い、キッとチェスターを睨みあげる。二度も助けてくれたことは本当にありがたく思っているが、チェスターの扱いは雑過ぎる。

嚙みつくように反論していると、ジェドがチェスターをいぶかしげに眺めながら、「お前、平気なのか？」と変なことを言い出した。

首を傾げるサラとは違い、チェスターはジェドの言葉の意味を理解しているらしい。ゆっくりと瞬きをして視線を自分の手へと向け、それからサラに瞳を向ける。

(あ……チェスターの瞳って緑色だったんだ)

この前の暗がりでは分からなかったが、今の明るさならはっきりと見ることができた。

チェスターはジェドの指摘を受けて初めて何かに気がついたらしく、驚いたように目を丸くさせてから、何故かサラの身体を引き寄せて抱きしめた。

「な、何するの！　離して！」

「どうだ、チェスター？」

「……平気だ」

「い、意味が分からないわ！　もうっ！　離してよ！」

チェスターの胸板に腕を突っ張って力いっぱい突き放す。

なんとか腕の中から逃れて息を整えていると、チェスターから怪訝な目を向けられた。

「サラ、お前、女だよな」

「私のどこが男に見えるの！」

「いや、色々と足りない部分があるから、もしかしたらと思っただけだ」

「人の胸を残念そうに見ないでよ！　最低っ！」

「この女が男じゃないとすると、何故チェスターが平気なのかが謎だな」

「アンタも同意してないでチェスターを叱《しか》ってよ！」

「色々と残念な意見には同意だ」

（この男たちはっ！）

人のことを男だと言い出したり、胸のサイズが残念だと言ったり、失礼極まりない。

助けてもらったことなどすっかり忘れて頭に血を上らせる。しかしながら二対一では分が悪い。一人でどれだけ反論しても言い負かされてしまうだろう予感がした。

この二人の鼻を明かす良い方法はないだろうか？

一生懸命頭を働かせて、ふとあることを思いつき、フフフっと怪しげな笑いが零れる。

チェスターとジェドは、急に笑い出したサラを不審げな目で見下ろしてきた。

「チェスター様、ジェド様。さっきから私のことを男扱いや子供扱いしてくださいましたけど、私、娼婦になりましたのよ。しかも、とっても将来を期待されてますの。大儲けできそうなんですって！」

散々コケにされたままでは面白くない。サラは強気の態度でビシッと指先を二人に突きつけた。

「未来の売れっ子娼婦を馬鹿にして、近い将来、後悔することになっても知りませんわよ！」

好戦的な光を瞳に宿すサラを見て、チェスターとジェドは申し訳なさそうに態度を改める……ことはなかった。

二人は謝罪をすることもなく、分かりやすく顔を顰める。

特にチェスターはサラの発言が相当気に入らなかったようだ。

「お前、宿屋に奉公に出されたんじゃなかったのか？」

チェスターは、サラの腕をガッシリと掴んで視線を合わせる。雰囲気から判断すると、どうやらチェスターは怒っているらしい。

彼が突然怒り出した理由を、サラは理解できなかった。

「娼婦になったということは、奉公に出されたというのは嘘で、売られたんだろ。あの時どうしてオレに助けを求めなかった」

その言葉に、ようやくチェスターの真意を知る。どうやら彼は最初に会った夜のことを気にしているらしい。

「だって、出会ったばかりの人間に助けを求められるような軽いことでもないし、何よりチェスターに助けてもらう理由もないから」

サラの返事を聞いたチェスターは、額に手を当てると、肺の中の空気を全て吐き出すように深い深いため息をついた。

摑まれた腕から感じるチェスターの体温は不思議と嫌ではなくて、何となく言葉を呑み込んでドレスのスカートをそっと握る。

すると、今度はその手をジェドに摑まれた。

驚いて顔を上げたサラに、ジェドは鋭い視線を向けてくる。

「お前が娼婦というのは本当か？」

「え……」

「答えろ。どうなんだ？」

「ほ、本当、だけど……それが…？」

涼しげな眼に睨み下ろされる迫力に圧倒される。今更ながら、売春宿も娼婦も違法だったことを思い出し、マズイことを言ってしまったと自覚した。明らかな失態にサラは顔を引き攣《つ》らせる。

サラの隣に立っているチェスターは、ジェドの様子に困惑したような表情を浮かべていた。

「どうしたんだジェド」

「娼婦なら金で買えるということだ。俺がお前を買う。いくらだ？　言い値で買うから好きな金額を言え」

「え、き、急にそんなことを言われても、困るわ………」

「何故困る必要がある」

「だって……その、私はまだ娼婦見習いというか、お店には出ていなくて……」

「なら俺が直接その雇い主に交渉する。店に案内しろ」

「おい、ジェド。一体どういうつもりだ？」

「この女は利用できる。言うまでもないが、ハンコック家の跡取りは一人息子のお前だけだ。いつまでもお前のその独り身の状況が許されるわけじゃない」

「それは……分かってはいるが……」

ジェドの強い口調にチェスターは歯切れの悪い返事をする。

一体何が起きているのか分からなくて、サラは不安気に眉尻を下げた。

ジェドは店まで案内するよう急かすが、サラは首を横に振って嫌だと意思表示をする。

状況が分からないし、違法である売春宿の場所をそう易々と教えていいはずがない。

けれどこの短時間に、ジェドは完全にサラの操縦方法を見抜いていた。頑《かたく》なに拒《こば》むサラを鼻で笑い飛ばし、分かりやすく挑発してくる。

「何だ、やはり嘘か。お前みたいなガキが娼婦などおかしいと思った」

「本当よ！」

悲しいことに頭に血が上りやすいサラは反射的に言い返してしまう。

その後もジェドに挑発されて言い返すことを繰り返し、しまいには、売り言葉に買い言葉で「案内するわよ！」と言ってしまった。

――そして、気づいた時には売春宿のロビーで寝起きのイヴァンに頭をギリギリと締め付けられていたのだった。

「痛い痛い痛い――！」

「何さらしてくれてんだよお前は。オレは言ったよな？　この店に客がたどり着くには情報屋から場所を仕入れるしかないと。どうしてそんな面倒な手間をかけてるか分かるよな？」

「そうしないと、摘発されるから」

「分かってるのに何で堂々と客を引き連れて来やがるんだ。しかも相手はハンコックとロングフェローじゃねーか。あいつらは役人にも警察にも貴族連中にも太いパイプを持ってるんだよ」

「そ、そんなこと知らないわ」

「この店が摘発されてオレが捕まったらお前はどうなるよ？　あ？　お前をヤバイ筋に売りつけてやろうか？」

「ごめんなさい、ごめんなさい！　で、でも……っ、痛つつ…あ、案内しないと逃がしてくれない雰囲気で……」

「そういう時は笑顔で別の場所に案内をして隙を見て逃げるんだよ」

「あ、なるほど！　って痛い痛い！　だからごめんなさいって謝ってるのに！」

「ったく、面倒なことをしてくれたぜ」

小声で散々暴言を吐いて少し気が落ち着いたのか、イヴァンは営業用の胡散臭い笑顔をつくり、応接室のソファーに座るチェスターたちを振り返る。

そして、飄々とした足取りでチェスターたちに歩み寄ると、いつぞやのようにポケットから取り出した紙マッチをジェドに差し出した。

イヴァンは名刺代わりと言っていたから、初対面の人間に紙マッチを渡す癖がついているのだろう。

ジェドは興味無さそうに差し出されたそれを見下ろしていたが、これから交渉をする相手に花を持たせてやろうとでも考えたのか、チェスターとは違いちゃんと受け取っていた。

「単刀直入に言う。一か月ほどサラを買いたい。金額と支払い方法を教えてくれ」

「申し訳ありませんロングフェローの旦那。サラはまだ入ったばかりの見習いでして、店に出してないんですよ」

ロングフェローというのはジェドのファミリーネームのようだ。チェスターがチェスター・ハンコックで、ジェドがジェド・ロングフェロー。なかなか立派な名前だ。

「まだ客を取ったことがないなら、尚更都合が良い」

「他の女はどうですかい？　この店は一級品の女を取り揃えておりますので、旦那たちもお気に召すかと思いますよ」

「いや、他の女はいらない。買いたいのはサラだけだ」

会話はジェドの主導で進んでいく。

理由は分からないがジェドはサラを買う気でいるらしく、イヴァンの説得に一ミリたりとも応じる姿勢を見せない。

その頑なな態度に、イヴァンがガシガシと頭を掻いてうなだれた。

「どうしてそんなにサラを買いたいのかは分かりませんがね、男の喜ばせ方を覚えるまではサラを売ることはできないんですよ」

「断るならこの店を出た足で役所に通報に行くつもりだ。俺を黙らせたいのなら、要求を呑んでもらおう」

「勘弁してくださいよ旦那」

「何人もの娼婦を連れてすぐに逃げるのは難しい。大事な商品を役所に奪われたくはないだろ？」

「それは脅しですかいロングフェローの旦那。そんなことをしたら『どうしてハンコックの若旦那とロングフェローの旦那が売春宿の場所を知っていたのか』と悪い噂が広まってしまうかもしれませんぜ」

「俺の家もハンコックの家もそれくらいの噂で揺らぐような家柄ではないから構わない。それに船乗りにとって浮世話は汚点ではなく名誉だ。男として箔《はく》が付く」

ジェドもイヴァンも表面上はにこやかな笑みを浮かべてはいるが、これは交渉ではなく脅し合いだ。

この殺伐とした状況をつくってしまったのは自分だと理解しているサラは、ハラハラと胃を痛めながらやり取りを見守る。

チェスターは話し合いに参加する気はないようで、何かを考えるように目を伏せて静かに話を聞いていた。

イヴァンは自らの手でサラを娼婦として調教したかったようでかなり粘《ねば》っていたが、ジェドたちの立場が強過ぎるせいで切り返しが弱く、最終的には要望を呑むしかなくなってしまったようだった。

お客様の前だと言うのに不機嫌そうに舌打ちをしたイヴァンに呼ばれて、サラはソファーに近づいた。

「今日から一か月間、ロングフェローの旦那がお前の雇い主だ。荷物もないだろうからそのまま ついて行け」

投げやりな口調に戸惑い、瞳をイヴァンに向けると、シッシッと手で追い払う仕草をされて、本当に買われたのだと知った。

一休みする時間も与えられず、本当に着の身着のままで売春宿から連れ出される。

「あ、あの！　ジェドさん。どうして私なんですか？」

イヴァンの売春宿を出てすぐ、ジェドは辻馬車を捕まえた。背を押されて乗り込んだサラは、車輪が動き出したと同時に率直な疑問をぶつけた。

はっきり言って自分は飛び抜けて外見が良いわけでもないし、没落貴族のお嬢様などでもない。イヴァンの売春宿には厳選された美人が取り揃えられているから、あえてサラを選ぶ理由がどうしても見つからない。

黙り込んだままのチェスターの様子も気になりつつ、ジェドの返事を待っていると、投げ出していた長い足を組んだ彼は、正面に座るサラと隣のチェスターを順に眺めて、最後にサラに視線を戻した。

「内密にしているが、チェスターは大の女嫌いなんだ」

「お、女、嫌い？」

「そうだ。チェスターは人間の女に触れられると拒否反応を起こす。子供でも老人でも、女であれば必ず拒否反応が出るはずなのに、何故かお前に触られても平気だった」

「……それで私のことを男かどうか聞いたのね」

「男じゃないよな？」

「女だって言ってるでしょ！」

「なら問題はない。これからお前にはチェスターの女嫌いを直す手伝いをしてもらう。先に忠告をしておくが、この話は他言無用だ。誰かに漏らしでもしたらどこかの無人島に置き去りにしてやるから覚悟しておけ」

「怖いこと言わないでよ！」

「俺は本気だ。ハンコックの名誉が傷つくのを許すつもりはない」

淡々と言葉を重ねるジェドの冷たい眼差しに居心地の悪さを感じる。

とはいえ、先ほどから会話にまるで参加しないチェスターには、仲裁を求めることもできそうにない。

（ハンコックの名誉って…………ハンコックはチェスターの家よね？　どうしてチェスターの家の名誉をジェドが守ろうとしているんだろう？）

ジェドを盗み見るが、表情から彼の感情を読み取ることは難しいと感じて早々に諦める。

馬車は海沿いの街道を走り抜け、港の中心から少し離れた屋敷の前に滑り込んだ。

チェスターは貿易の仕事で海外を転々としており、いくつもの港に別宅があるのだという。

港ごとに家を買うなんて、お金持ちの考えは分からないと思いながら、二人の後に続いて屋敷の中に足を踏み入れる。

売春宿の屋敷とは違い、落ち着いた色ばかりの空間は、庭から漂ってくる花の優しい香りに満たされていた。

「この港には一か月ほど滞在する予定だ。その間、お前にはこの家で寝泊まりしてもらう。屋敷に年頃の女が出入りしていると噂が流れたら面倒だから、外出は禁止だ」

「……わかったわ」

「日中は家政婦が来るから、欲しい物があれば俺かチェスターか家政婦に言うように」

ジェドに付いて来るよう促され、疲れたのか窓辺のイージーチェアに座り込むチェスターを残し、南側の部屋に案内される。

中庭に面した部屋は、元々客室としてつくられているのだろう。一人用にしては大き過ぎるベッドの他にはドレッサーくらいしか目立った家具は置かれていない。

「この部屋を使え」

与えられた部屋を落ち着きなく見回していると、ジェドがパタリと扉を閉めて密室をつくった。

意図してつくられた密室の中に居るのはサラとジェドだけだ。

ジェドはチェスター不在の部屋の中で、窓の前に立つサラに歩み寄り見下ろした。

「さっきも言ったが、チェスターの女嫌いに関して、口外は許さない」

漂う異様な空気に警戒の色を浮かべるサラに、ジェドは高圧的に念を押した。

迫力に押され、サラはコクッと頷く。

「俺はハンコックの家に多大な恩がある。だからチェスターには、女嫌いを早急に克服させたいんだ。どうしてか分かるか？」

「多分だけど、結婚とか……そういうの？」

「そうだ。ついでに世継ぎの問題も解決しなければならない。お前を雇ったのは、お前と接していれば、女への苦手意識が薄れるかもしれないと考えたからだ」

「具体的に私は何をすれば良いの？」

「チェスターと生活を共にして……そうだな」

ジェドは低い声を更に低くして声を掠れさせる。

「チェスターの童貞を奪ったら、借金を返済できるほどの金をお前にやろう」

サラの耳元で、ジェドは衝撃的な発言を繰り出した。

驚きに目を見開くサラを、ジェドはまっすぐに見返す。

「荒療治《あらりょうじ》の方がチェスターには効きそうだからな」

無責任な言い方に、サラはわずかに眉尻を下げた。

そんなことをしてチェスターの女嫌いに拍車がかかってしまったら、サラの責任はどうなるのだろう？

「俺たちはお前の雇い主だ。これからはチェスターと呼び捨てにするな。チェスター様、だ。ついでに、汚い言葉づかいも何とかしろ。分かったな」

彼は、言いたいだけ言ってサラから離れると、部屋から出て行った。

サラは、扉の閉まった部屋の中で手のひらをぎゅっと握り締める。

（チェスターに抱かれたらお金がもらえる。そうしたら私は借金を返済できて娼婦から早々に足を洗えるのよね）

降って湧いたチャンスに、サラの瞳がキラリと輝いた。

娼婦にはなりたくてなったわけではない。何十人何百人の男に身体を売らずに済むのなら、チェスター一人を襲うことなど容易く思える。

（そうと決まればチェスターを魅了して、さっさと童貞を奪ってやるわ！）

はっきりした目標ができると自然とやる気が湧いて来る。

満面の笑みを浮かべて、自分自身に頑張れと言い聞かせて気持ちを奮い立たせた。

（大丈夫、チェスターが相手なら、誘惑なんて楽勝だわ！）

軽い足取りで部屋を出ると、居間らしき場所にチェスターとジェドの姿を見つけて早速そそくさと近寄る。

サラの接近に気がついたチェスターと目が合ったところで、ドレスのスカートの端を持って恭《うやうや》しいお辞儀《じぎ》を披露した。

「これからよろしくお願いいたしますわ、チェスター様」

サラの挨拶《あいさつ》はマナー的に問題なかったはずだ。

しかしチェスターは態度を改めたサラに眉を顰める。

「お前に様付けされると気味が悪いから呼び捨てにしろ。ついでにその敬語も禁止だ」

チェスターからの酷評《こくひょう》に、お辞儀の姿勢のまま固まってしまったサラは、首だけをジェドへ向け不満を訴える。

ジェドは小さく肩を竦めると、何も答えずに部屋を出て行ったため、サラはスカートから手を放し、白々しい演技をやめた。

「よろしくね、チェスター」

「あんまりよろしくしたい気分ではないがな」

「それよりチェスターの部屋ってどこなの？　早くベッドへ行きましょうよ」

「……どうしてそうなる」

「だって私は娼婦なのよ。何か問題ある？」

「あるに決まってるだろ。オレが知りたいのは、どうしてお前に触っても拒否反応が出ないのかということだ。好きでもない女を抱くつもりはない」

「なら、今夜だけ私を好きになればいいじゃない。そうしたら問題はないでしょう？」

「ありまくりだ」

「チェスター様～、大好き」

「………」

「ちょっと！　せっかく私がおぜん立てしてあげてるんだから、嫌そうな顔しないでよ！」

精一杯の色仕掛けを簡単に流されてムッとする。娼婦にはなりたくてなったわけではないけれど、色仕掛けをことごとくなかったことにされると、女としてのプライドが大きく傷つく。

やれやれとでも言いたげなチェスターに、サラの負けん気はメラメラと燃え上がった。チェスターの座るソファーにガッと片足を上げてスカートを捲り、太ももを晒してみる。しかし反応はいまひとつだ。

「ねぇ、どうしてチェスターは女嫌いになったの？　拒否反応って何？」

「原因は分からないし、女と接触すると酷い吐き気に襲われるから、近寄りたくもない」

「それだけ？」

「それだけって……あのなぁ、吐き気に襲われて平気な人間がいると思うか？　人前ではなんとか我慢するが、耐えた分だけ症状が酷くなるから極力関わりたくないんだ」

「私は女よ。何で平気なの？」

「どうして平気なのか、オレの方が知りたい」

「試しに触ってみてもいい？」

「遠慮する。オレも女嫌いを治したいからジェドの提案をしぶしぶ受け入れたが、誰かれ構わず抱きたいほど盛《さか》っているわけじゃない。勘違いをしないでくれ」

「なら、チェスターは誰を抱きたいの？」

「お前に言う義務はない」

「もしかして好きな人がいるの？　初めてはその人としたいから私じゃ駄目だってこと？」

サラの質問にチェスターは言葉を濁した。つまり図星《ずぼし》だったのだろう。

（チェスターは好きな人が居るのね。その人のために、女嫌いを克服したいってこと？）

「その人もチェスターのことが好きなの？　告白はした？」

「……オレが勝手に想っているだけだ。もうこの話は終わりだ。お前の仕事はオレを詮索することじゃなく、女嫌いを治す手伝いをすることだろ」

「分かってるけど、聞きたくなっちゃうの。人を好きになるってどんな気持ち？　きっと素敵なんでしょうね」

サラの独り言にも似た呟きを聞いたチェスターは口を噤《つぐ》んだ。

サラも特に彼の沈黙を気にすることなく、今後の作戦について考えを巡らせ始めたのだった。

サラはその日の夜、早速チェスターの部屋に忍び込んだ。

ベッドに腰かけて書類に目を通していたチェスターは、夜這《よば》いに来たサラに目を留めると、無言で立ち上がり部屋から追い払う。

「女性からのお誘いは断らないのがマナーでしょ！」

「マナー違反はどっちだ。レディーは了承もなしに男の寝室へ忍び込んだりしない」

「ジェドには了承してもらってるから問題はないわ」

「オレはしていないから問題がある」

チェスターはサラの背中を押して部屋の外へ出すと、無情にも目の前で扉を閉めてしまう。

しっかりと施錠する音が聞こえ、追い払われたサラはムッと唇を尖《とが》らせた。

(絶対に諦めないいんだから！)

固く閉ざされた扉の前で再挑戦を誓う。

この件に関してチェスターとジェドには温度差があるのは理解しているが、ジェドの提示した報酬《ほうしゅう》を手に入れたいサラからしたら、チェスターの非協力的な態度は障害でしかない。

(チェスターに好きな人が居て、その人に操《みさお》を立てていたとしても、私には関係ないわ。

私は娼婦から足を洗って自由になりたい。そのためなら何だってするのよ）

問題は、どうしたら男を誘惑できるのか分からないことだ。

今日のところは諦めることにしたサラは、施錠された扉に背を向けて、貸し与えられた部屋へと戻ると、整えられたベッドに飛び込むように身体を横たえた。

灯りを点けない室内は、星明りと、月に照らされた海の反射光のおかげでそれほど暗くはない。

微かに聞こえる波音に耳を澄ませ、見慣れない天井をぼんやりと眺めて、ゆっくりと瞬いた。

（考えることが多過ぎて眠れない……）

明日に備えるために眠りたいのに、睡眠を邪魔するように心配事が脳裏に浮かんできて、目が冴えてしまう。

サラは何かを探すようにベッドの下に手を伸ばし、この場所が自宅ではないことを思い出してハッと起き上がった。

そして、何も持っていない手のひらを見下ろし、静かに瞳を揺らす。

（……また、何もなくなっちゃった……）

空っぽの手のひらを眺めたサラは、家に残してきてしまったぬいぐるみに思いを馳せる。

父親が出稼ぎに出かけ、一人で留守番をするようになったサラは、寂しさを紛《まぎ》らわすためにいつもぬいぐるみを抱いて寝ていた。

不安な夜や孤独な時間を共に過ごしてくれたそのぬいぐるみは、サラにとってなくてはならない大切な精神安定剤だったのに、家から持ち出す暇もなく借金取りに捕まってしまった。

耐えるように目を強く瞑《つむ》ったサラは、不安から逃れようとベッドから降り、そのまま床に座り込むと、心の隙間を埋めるように枕を抱きしめて顔を埋めた。

港街の夜は静かに更《ふ》けていく。

波の音を数えながら朝を迎えたサラは、寝不足の顔をパチンと叩いて眠気を吹き飛ばすと、勇んでチェスターのもとへと向かった。

「おはようチェスター。私といいことしない？」

チェスターは廊下に立ち塞がるサラに呆れた顔を向けると、まだ朝なのに疲れた様子で肩を落とし、はっきりと首を横に振る。

「断る」

「それは困るわ。私はチェスターに抱かれたいの。いっぱいサービスするわよ」

「仕事に出かける。もう少ししたら家政婦が来るから、何かあったら家政婦に言うように」

「ちょ、ちょっと待ってよ！　出かける前に私を……」

またしてもパタンと扉が閉められた。

迷いのない拒絶の姿勢に、玄関扉を蹴りたい衝動《しょうどう》に駆られる。傷つけて弁償を言いつけられたら困るため、実際には蹴りはせず、床を勢いよく踏みつけて不満を発散させた。

（負けない！）

取り残された玄関で一人拳を握り締めると、閉じられたはずの扉が再び開かれる。

もしかして遅ればせながらサラの魅力に気がついたチェスターが、出かけようとしていた足を止めて戻って来たのかもしれないと顔を輝かせたサラは、想像とは違う見知らぬご婦人の姿を見て首を傾げた。

落ち着いた色合いのメイド服とエプロンを身に着けているご婦人は、チェスターが言っていた家政婦だろう。

「初めまして。これからこの家でお世話になるサラです。よろしくお願いします……あの……？」

失礼のないように挨拶をしたつもりだったが、お辞儀を終えて顔を上げたサラの目に飛び込んで来たのは、ご婦人の不審者を見るような眼差しだった。

彼女はサラの全身を一通り眺めると、一言も喋ることなく、サラの横を素通りして屋敷の奥へと入っていってしまう。

（何か……気に障ることをしてしまったのかしら……）

そう考えたサラは、玄関に置かれた姿見に映る自分の姿に目を留めると、大胆に開いていたドレスの胸元を隠すように、上着を羽織り直した。

ご婦人は一目でサラの正体を見抜いてしまったのだろう。

特に貴族やチェスターのような有力者に雇われる家政婦は、家柄だけでなく、知性や高い教養を求められる。そのため、高貴とは真逆の職業とも言われる娼婦は嫌われても仕方がないのだ。

汚い物を見るような彼女の瞳は、世間一般の娼婦への軽蔑《けいべつ》感情をまざまざと物語っていて、ズキリと心を傷つけた。


サラはそれから何度断られてもめげずにチェスターに自分を抱くよう迫った。

ある時は先にベッドに忍び込んでみたり、またある時は色っぽい格好をして肌を見せびらかしたり、さらには彼の入浴中に乱入してみたりと、色々な方法で攻めるも全てが失敗に終わってしまっていた。

惨敗記録だけが積み重なると、さすがに女としてのプライドが激しく傷つく。

ソファーに寝ころんで本を読んでいたチェスターに下着姿で跨《また》がってみた昨夜は、重いと言われて手だけであしらわれた。

(今夜はどんな色仕掛けで迫ろうかな……)

そんなことを考えながら、窓枠に頬杖をついて庭の花とその後ろに広がる海をぼんやりと見つめていると、急に、住み慣れた田舎での日々が蘇《よみがえ》り、寂しさが込み上げて来た。

父親は出稼ぎに行ってほとんど帰って来なかったけれど、その代わりに色んな人がサラを気にかけてくれていたから、母親に捨てられた過去も乗り越えられたのだ。

近所のおばあちゃんが料理を教えてくれたし、生活のためにしていた農場の手伝いも楽しかった。本来であれば今頃、動物の出産時期で忙しく駆けまわっていたはずなのに……。

「おなかすいた」

空腹を紛らわすために簡素なお菓子に手を伸ばす。

サラは家政婦に完全に嫌われているようで、屋敷の中を荒らすなと言わんばかりに厨房《ちゅうぼう》や戸棚に鍵《かぎ》をかけられてしまっていた。そのため、お腹が空いても自ら食べ物を調達することは難しく、避けられているせいで彼女に頼むこともできない。

チェスターはこの屋敷にいる時間が短い上にサラの話を聞くつもりがないらしく、相談もできなかった。

感傷に浸ってしまいそうになる頭を振って、嘆きたい気持ちを切り替える。今サラが一番に考えることは、チェスターに抱かれてジェドから大金をもらうことだ。

寂しさと空腹をごまかそうと、サラは自分の部屋からタオルを持ち出して丸めると、リボンで飾り付けて簡素な人形をつくり始めた。

ドレスの飾りから拝借《はいしゃく》したボタンを不器用に縫《ぬ》い付けて顔にする。家で抱いていたぬいぐるみには程遠いけれど、初めてつくったにしては可愛い出来栄えだ。

完成したばかりの人形を腕に抱く。タオルはサラの体温で温まり、優しい安らぎを与えてくれた。

今までの寝不足も積もっていたせいか、次第に瞼《まぶた》が重くなっていく。

甘えるように人形を抱きしめ直したサラは、いつの間にか深い眠りに落ちていた。


頬を優しく撫でる感触に、伏せていた顔を上げた。

さっきまで麗らかな日差しが降り注いでいた庭は、今は静かな暗闇に包まれて空には星が光っている。

サラは、窓に映り込んだチェスターと目が合って飛び起きた。

突然過ぎて心臓が跳ねる。バクバクと早鐘《はやがね》を打つ胸を、服の上から手を当てて宥《なだ》めながら、他人の感触が残る頬に無意識に手を添えた。

「お、おかえり」

「よく眠っていたようだな」

「う、うん。そうみたい。気がついたら寝てたみたい」

「その手に持っているのは何だ？」

「え？　……あっ！　これは、その…な、何でもなくて……」

「タオルでつくった人形のように見えるが」

「だ、だから何でもないの！」

視線を向けられて、人形を慌てて身体の後ろに隠したが、焦りで指を滑らせて床に落としてしまった。

チェスターの視線を遮《さえぎ》るように急いで拾って抱きしめる。

どうしてか、チェスターから向けられる視線が怖かった。

家政婦からの蔑《さげす》むような冷たい目が、サラの心を深く傷つけていたからかもしれない。

やること為すこと全てが、軽蔑される気がしてしまう。今もチェスターに安っぽい人形の存在を咎められているように感じてしまい、人形を抱く腕に力を込めた。

「仕方ないじゃない。この家もこの街も私の知らない場所で、友達も知り合いも誰も居なくて……話し相手も居なくて……日中は一人だし、夜もチェスターはすぐに寝ちゃうから……」

「話し相手をつくったのか？」

「……悪い？　迷惑はかけてないんだから放っておいてよ」

「悪いとは一言も言っていない。ただ、どうしてそのことを相談してくれなかったんだとは思う」

「話を聞こうとしなかったのはチェスターでしょ」

「お前はいつも一人で賑やかにしていたから、寂しい思いをしているなんて知らなかったんだ。日中は家政婦と話さないのか？」

「家政婦はお金持ちの家に雇われるから、信頼の置けるそれなりの家柄の人しかなれないわ。そんな人が娼婦の私と気さくに話してくれると思うの？」

「……」

「チェスターが女嫌いを世間に隠しているように、私にも隠したい秘密があるの。いい歳して人形がないと眠れないなんて……恥ずかしくて言えるわけないでしょう？」

チェスターの視線から一刻も早く逃がれたくて、呼び止めようとするチェスターを無視して歩き出す。

知られたくなかった弱みを見られてしまった情けなさに居た堪れなくなって、サラは自分の部屋へと逃げ込むと、人形が苦しそうな形になっているのも気づかずに力いっぱい抱きしめた。

ジワリと滲む涙を、唇を強く噛み締めて堪える。

頭の中の冷静な自分は「こんなことしてる場合じゃない、早くチェスターを誘惑しろ」と命令を出すのだけれど、感情が「今はチェスターの顔を見たくない」と邪魔をして、なかなか部屋を出ることができない。

――どれくらいそうしていただろうか。

凭れていたドアが廊下側からコンコンと叩かれて、サラは埋めていた顔を膝から上げた。

「サラ、起きているか？」

ドア越しに聞こえるチェスターの声に、涙が再び滲みそうになり「来ないで！」と怒鳴ってしまった。

雇い主に対して酷い態度だ。怒られて売春宿に返品されてしまうかもしれないと考えたが、売春宿に戻された方がマシなのかもしれないと思う気持ちも湧き上がる。

あそこには自分と同じ境遇の娼婦たちがいる。違法な場所だけれど、孤独は感じずに済むだろう。

チェスターはサラの拒絶の言葉にも立ち去るつもりはないようだった。扉の向こうから、また声が聞こえてくる。

「家政婦を問いただした。サラの言っていた通り、彼女はサラの面倒を見ることを放棄《ほうき》していたと認めた。本当に申し訳ないことをした」

家政婦の彼女を責める気はない。父親が借金をつくったせいで田舎に引っ越すことが決まった時に、それまで付き合いのあった友人が蜘蛛《くも》の子を散らすように去っていった経験があるから、人の地位や立場で周りの態度が変わってしまうことは知っていた。

それにもし、自分が良家に生まれていたとしたら、正体不明の娼婦の世話をしろと主人に言いつけられても、彼女と同じ対応をしていたかもしれない。

むしろ彼女は善人であるだろう。ちゃんとした食事の用意はされなかったが、摘まめるお菓子をそれなりに用意しておいてくれた。無理やりに近い形で連れて来たくせに、ほとんど仕事で出かけているチェスターよりも気を遣ってくれていた。

「本当にすまなかった。言い訳にしかならないが、オレ自身、サラとどう接するべきか分からなかったんだ」

「私は雇われてる身なんだから、文句なんて言えるわけないでしょ」

「…サラ……」

「もう寝るわ。明日はいつも通りに戻るから、今日はもうそっとしておいて」

喋りながら泣きそうになり、強く唇を嚙む。

しかし、わずかに声が震えてしまうのは隠せなかった。

「……分かった」

チェスターは、少し考えるような間の後、静かな声で返事をしてきた。その声に、サラは身体の力を抜く。

泣かずに済んだことに安堵する。それでも溢れ出そうな涙が流れないように、頭を後ろの扉にくっつけるようにして天井を見上げた。

(借金を返済し終えて娼婦をやめられるその日まで泣かないって……そう決めてたのに。どうして涙を止められないいんだろう。どうしてこんなにも感情が乱れてしまうんだろう……)

どうせだったら冷たい態度をとってくれた方がマシだ。気まぐれな優しさほど無慈悲なものはないと思う。

娼婦が蔑まれる立場だということは分かっている。差別される覚悟はしていた。だから悪く思われても食事を出されなくても平気だった。

けれど、チェスターの中途半端な同情は、心にすっと入り込み、ナイフのように突き刺さる。

ぐちゃぐちゃになった感情の波が押し寄せて来て、引き結んだ唇から小さな嗚咽《おえつ》が漏れてしまう。

堪えきれなかった涙が一粒頬に流れ落ちると、堰を切ったように次から次へと涙が溢れた。タオルの人形をこれでもかと握り締める。

今まで我慢してきた悲しみや寂しさは自分でも気づかない間に水風船のように膨《ふく》れていて、チェスターの気まぐれな優しさが突き刺さって穴が開き、一気に爆発してしまったのだろう。

癇癪《かんしゃく》を起こした子供のように泣きじゃくる。

借金をつくった父親への怒り、去っていった母親への恨み、もう戻れない住み慣れた田舎の家への未練。娼婦になった不安。

もしかしたら自分は、知らない間に何かものすごく悪いことをしていて、神様が罰としてこんなに辛い試練を与えているのだろうか？

だったら先に、こんな悪さをしたから今からこれだけの苦難が待っていますと教えて欲しい。そうでないと理不尽過ぎて悲しみに心が押し潰《つぶ》されてしまう。

「…っ……ふぅ、っく…チェスター、の、ばかぁ………」

嗚咽にひくつく喉を絞って不平不満を零す。

涙はまったく止まる様子もなく、このまま身体の中の水分が全て流れ出てしまうのかもしれない、そうしたら死んでしまうのかな、などと考え、けれど苦しまずに死ねるならそれも良いのかもしれないとまで思ってしまう。

頬を流れた涙が滴となって、抱えたタオルの人形を濡らす。縫い付けたボタンの目にも涙の滴が残り、まるで人形まで泣いているように見えて、指先でそれを拭った。

その時、凭れていた扉がスッとなくなり、背中に冷たい風を感じた。

え？　と思いながら振り返ったサラは、ドアノブを握ったままこちらを見下ろすチェスターと目が合って、濡れた瞳を瞬いた。

チェスターは驚いて固まるサラに視線を合わせるようにしゃがみこむと、遠慮がちに手を伸ばしてサラの頬の涙を拭う。さっきサラがタオルのぬいぐるみにしたことと同じだ。目を瞬かせながら、緑色のチェスターの瞳を見上げ、眉根を寄せる。

「な、何でドアが開くの？　内鍵をちゃんとかけたのに！」

「この家の主はオレだ。マスターキーを持っていないとは一言も言っていない」

「ズルい！　というか、こっち見ないで！　放っておいてって言ったでしょ！」

「オレの勘違いかもしれないが、サラの声が聞こえた気がした。『一人になりたくない』と」

「完全にアンタの勘違いよ！　私は一人でも平気なの！　今までも、これからも！　だからさっさと出て行って！　いつも私を邪険《じゃけん》にするんだから、今夜も同じようにしてくれればいいの！」

「サラ……」

「触らないで！」

自分に伸ばされた手を払おうと振り上げた手は、偶然にもチェスターの頬を叩いてしまった。

身体に力が入っていたせいもあり、パシンという乾いた音は想像以上に耳に響く。

（しまった……）

自分の勝手な感情のせいで人を叩いてしまった罪悪感に顔をくしゃりと歪ませたサラは、その直後、身体を包み込む優しい温もりに息を呑んだ。

どうしてこんなに温かいのか、考えなくても簡単に分かってしまう。

咄嗟の出来事に身体を強張らせるが、チェスターの優しい温もりが身体に流れ込んできて、突っぱねようとする腕から力が抜けた。

「っ……」

「すまないサラ。オレは自分の事情にサラを巻き込んだのに、サラのことを何も考えていなかった」

「……だから、謝らないでよ……」

「遅いかもしれないが、自分の非を認めずに謝らない人間よりは幾分かはマシだ」

「……チェスター、なんてっ……嫌い。そ、やって……善人ぶるところ……正論で、偉そうなことばっかり言うところ…全部嫌い……」

「オレも最初はサラのことをなんて失礼な女だと思っていた」

「………」

「でも、それは間違いだった。サラは自分を守るために必死なだけだったんだな。強がって意地を張って……今も、一人でも平気だと虚勢《きょせい》を張ってる」

「張ってない！　私は本当に一人でも平気なの！　今までだって一人で何とかしてきた！　今夜のことだって明日になったらきれいさっぱり忘れてるわ！」

「一人で平気な人間なんていない。もしいたとしてもサラは違う」

「……違、わないっ……」

「すまなかった。これからはサラを一人で泣かせたりはしない」

拒絶するようにチェスターの身体を押し返していた手は、いつしか縋《すが》りつくようにチェスターの服を握り締めていた。

チェスターもまた、腕の中で泣きじゃくるサラを何も言わずに受け止めてくれたのだった。


正直、その後のことはあまり覚えていない。チェスターに泣きついていたらいつの間にか疲れて眠ってしまったようだ。

喉の渇きを覚えたサラは、深い眠りからゆっくりと目を覚ました。

喉はヒリヒリするし身体もだるいし何となく頭も重い。どうしてこんなに体調が悪いのだろうと眉を顰めたサラは、視界の端に映り込んだチェスターの寝顔に目を見開いた。

何故チェスターが一緒に寝ているのか。しかも抱きしめられている。意味が分からず驚

きに口をパクパクさせて顔を赤らめる。

（ど、どうなって……何が起きて……）

前髪の隙間から覗くチェスターの無防備な寝顔に狼狽える。少しだけ幼さを感じる表情は、警戒心の欠片も見当たらなくて、完璧に熟睡しているようだ。

チェスターに縋りついて泣いたことなどなかったことにしてしまいたい。チェスターの頭を思いっきり叩いたら記憶を飛ばしてくれるだろうか。

けれどそんなことをしたらジェドに無人島に置き去りにされる未来が待っているに違いない。

せめて腕の中から抜け出ようと身じろぎするが、まるで離さないとでも言わんばかりに抱き寄せられて、サラは心の中で悲鳴をあげた。

人の体温はたかが知れている。けれどどうしてかチェスターに接している部分が燃えるように熱くて、火傷しそうな気さえするのだ。

焦りながら逃げ場を探すが、ゴソゴソと動いたせいで、チェスターは目を覚ましてしまったようだ。長い睫毛《まつげ》がゆっくりと持ち上がるところを目撃してしまい、ドキリとする。

チェスターは腕の中のサラを見ても驚くことはなく、開いた瞳を柔らかく細めた。

「眠れたか？」

寝起き特有の掠れた声で囁かれた。

その笑顔に、サラの呼吸が止まる。

頭が真っ白になり、何か変な病気に突然かかってしまったかのようだった。

（何だろう…苦しいっ……）

チェスターの大きな手で頭を撫でられて、さらに頬をくすぐられる。

一向に治まる兆しのない激しい鼓動が恐ろしくて、手元のシーツを強く握り締めた。

（どうしたんだろう。胸が苦しくて、痛くて、泣きたくて……それなのに悲しいわけじゃない。この気持ちの名前は何？）

心の奥に広がる温かさに、昨日まで感じていた孤独が薄れたような気がした。


サラの世話をしていた家政婦は、主人であるチェスターの命令に違反した罰として、しばらく休みを取らせることに決まった。

本来ならば解雇して新しい家政婦を雇うところだろうが、一か月間しか滞在しない娼婦のために、わざわざ家政婦を替える必要はないとサラが口を挟んで止めたのだ。

家政婦の気持ちも分からなくはなかったし、自分のことは自分でできるサラにとっては、一人の方が気楽でいられる。

ただ、家政婦不在ということは、これから屋敷の中ではチェスターと二人きりの日が続くということだ。

しかも昨日のサラの癇癪が原因なのだろうが、チェスターがいつもより早めの時間に帰って来たので、勝手に気まずさを感じてしまう。

「そういえば、チェスターは女嫌いなんでしょう？　それなのに家政婦に女を雇って平気だったの？」

「使用人は主人に不用意に触れてこないから平気だ」

「もしかして直接触れなければ平気？　例えば服越しならどう？」

「女が触れていると認識すると駄目らしい」

「なら、目隠しすれば大丈夫？」

「大丈夫だとしても、社交界に目隠しをして参加できるはずがないだろ」

「それもそうね」

「本当に不思議だ。何故サラだけは触れても平気なんだろうな」

ふいに伸ばされた手で頬を撫でられ、触れられた場所がカァッと熱くなる。

慌てて身体を引いたサラにチェスターは意地悪な笑みを浮かべるから、胸が締め付けられるような感覚に陥った。

（静まれ静まれ。鼓動よ静まれ！）

心を落ち着かせるために大きく呼吸をする。

チェスターは深呼吸を繰り返すサラを眺め、余裕ぶった仕草で口を開けた。

「今日は誘惑しないのか？」

「きょ、今日は気分じゃないの」

「何故だ？」

「な、何故って…言われても……」

　ゴニョゴニョと口ごもりながら言い訳を探す。

　借金を返して娼婦から足を洗うためにはチェスターを襲わなければいけないのだけれど、胸に宿り始めてしまった未知の感情がチェスターを見るたびに反応してしまう。

　そもそもこんなに童貞を奪うのが大変だなんて思ってもいなかった。少し色っぽい姿を見せたら簡単に進むと思っていたのに。

　チェスターをちらちらと盗み見ながら、ドレスのスカートを握る。

　優しいけれどどこか意地悪にも思える笑顔に胸が締め付けられるが、自分の立場を思い出してキュッと唇を引き結んだ。

「やっぱりやるわ」

　ソファーにゆったりと座るチェスターに近づいて、先ほどとは反対のことを言う。

　チェスターは開いていた本に栞《しおり》を挟みサイドのテーブルに置くと、両腕を軽く広げた。

「どうぞ」

　まるで歓迎しているかのような態度に思わず身体が固まる。

　立ち竦むサラと数秒見つめ合ったチェスターは、襟元を緩めながら挑発的な目をサラに向けてきた。その表情には余裕の笑みまで浮かんでいる。

「前から思ってはいたが……サラはオレを本気で誘惑するつもりはないようだな」

「そんなことない。私は本気！」

「なら今が絶好の機会だ。遠慮なく誘惑してくれ」

「っ……」

「どうした？　目が泳いでいるぞ」

「えっ！　ちょっ！」

手首を掴まれ引き寄せられソファーに引き上げられると、いつの間にかサラはチェスターの下に転がされていた。

吐息がかかりそうな距離に、体中の血液が沸騰《ふっとう》しそうになる。慌ててチェスターの身体を押し返そうとするが、サラが行動を起こすよりも早く、彼に指を絡めるようにして手を繋《つな》がれ、ソファーに縫い付けられてしまった。

「チェ、チェスター！」

「続きは？」

「え？」

「続き。ここからどうするんだ？」

「ど、うするって、言われても……」

視界いっぱいに広がるチェスターの姿に心臓が暴れ出す。

目を泳がせてもまったく意味がなかった。

氷のように固まったままチェスターの緑色の瞳を見上げていると、形の良い唇が静かに笑みをつくった。

（つ、続きは……何を、すれば良いんだっけ……）

チェスターはサラの戸惑いをよそに、微笑んだまま上半身を倒すと、長い睫毛を伏せて唇を重ねてきた。

それはまるで羽根で触れられたかのような、不思議な感覚だった。

ほんのりと感じる温かさにサラの瞳が揺れる。

顔を上げたチェスターは乱れたサラの髪を指で掬《すく》い取ると、まるで見せつけるように髪先にキスをした。その姿に、サラは顔を赤くする。

（今、今、私……チェスターと……）

サラはチェスターの感触の残る唇を隠すように両手で覆う。

動揺するサラとは対照的に、チェスターは艶やかな唇からチロリと赤い舌先を覗かせて意地悪い笑みをサラに向けてきた。だが、その笑顔はすぐに別の表情へと変わる。

多分チェスターの想像していたサラの反応とかけ離れていたからだろう。毎日のように色仕掛けをして迫ってくる娼婦とは思えない初々しい反応を前にして、チェスターは少しだけ驚いた様子を見せてから、何かを考えるように視線を下げる。

やがてふと、「あぁ、そういえば」と独り言のように呟いた。

「サラ、お前はまだ客を取ったことがないんだったな。つまり男に抱かれたこともない。違うか？」

「…………」

「キスも初めてか?」

「っ!」

「顔が真っ赤だ」

「見ないでっ!」

口元を隠していた手を取られて顔を覗き込まれる。

恥ずかしさのあまり強い口調で反抗しながら顔を背けるサラに、チェスターは楽しそうに笑みを深めた。

「どうりで誘い方に色気がないわけだ」

「笑わないでよ!」

「サラ、顔を背けるな。こっちを向け」

「嫌! 一生嫌!」

「言うことがガキだな」

「ガキじゃないわ!」

「ならこっちを向けサラ。大人の女ならキスくらい余裕でこなせるはずだ」

「よ、余裕に決まってるでしょう! 私は立派なレディーなんだから、キスの一つや二つや三つや四つ……」

チェスターはサラが挑発に乗りやすい性格だと知っているため、分かりやすい喧嘩を吹っ掛けてくる。

サラはまんまと、背けていた顔をチェスターに向けてキッと強気に睨みつけるが、視線は彼の唇に引き寄せられて、また恥ずかしさが込み上げてしまう。

怖い顔で睨んでもすぐに限界が来てしまい、最後にはそっと目を逸らしたサラに、思わずといったようにチェスターがフッと噴き出した。

「だから笑わないでってば！」

「笑ってない、笑ってない」

「肩が震えてるわ！　体重をかけないで！　潰れるでしょう！」

「こんなに笑ったのは久しぶりだ。腹の筋肉が痛い」

「やっぱり笑ってるじゃない！　どいてよ！」

「もう少しだけ」

「嫌！　もう寝るからどいて！」

サラの肩口に顔を埋めて苦しそうに笑っていたチェスターは、サラの言葉に顔を上げると、飾り棚に置かれた振り子時計を見遣る。

大人が寝るにはまだ早い時間だった。咄嗟についた嘘に、また子供扱いされてからかわれてしまいそうで、サラはしまったと顔を顰める。

チェスターはニヤッといじめっ子のような顔で笑うと、何故かサラを肩に担ぎ上げ立ち上がった。

「な、何するの！」

「寝るんだろ。オレとのキスで腰が抜けたようだから、ベッドまで運んでやる」

「自分で行けるわ！」

「立てるのか？」

「立てっ……ないけど、時間が経てば平気！　それに何度も言うけど私は荷物じゃないんだから、小脇に抱えるのも肩に担ぐのも禁止！」

すでに廊下を歩いていたチェスターは、サラの怒りを聞き流しながら目的の部屋に着き行儀悪く足で扉を押し開いたところで、サラを横抱きに抱き直した。

荷物扱いされるのは気に食わないけど、まさかお姫様抱っこをされるとは思ってもいなかった。

「……っ」

急におとなしくなったサラを見下ろしたチェスターは満足げな顔をすると、ベッドの上にサラの身体をゆっくりと下ろして、そのままサラのベッドに入り込み彼女の身体を引き寄せた。

「チェスター？　何を……」

「自分の部屋まで戻るのが面倒になった」

「数秒で戻れるじゃない！」

「暴れるな。埃が舞う」

「チェスターが離してくれたらもう暴れないから、離して！」

「おやすみサラ。良い夢を」

「私の話を聞きなさいよ！」

どうやらチェスターは完全にここで眠るつもりのようだ。逃げようともがくサラの腰をしっかりと抱き寄せて、サラの眠気を促すように優しく背中を擦られる。

どう考えても子供扱いされている。けれど力の差が歴然としているため自力では抜け出せないと早々に悟った。

半ば諦める形で抵抗をやめると、背中を擦っていた手が止まり、胸の中に深く抱き寄せられる。

（……どうしよう。ドキドキするけど、……温かくて、心地いい……）

不思議と身体から緊張が抜けていく。

まるで魔法にかけられたように眠気が込み上げてきて、サラは小さくあくびを零した。

港から少し離れたこの屋敷はとても静かだ。けれど、静か過ぎるせいでチェスターの吐息まで聞こえてしまう。

抱き寄せられた胸に耳を当てて目を閉じる。

チェスターの腕に抱かれて過ごした夜は、いつの間にか明けていて、眩しい陽の光と共に新しい朝が訪れたのだった。

3章

チェスターの寝顔は心臓に悪いと思う。

一晩チェスターの抱き枕になってしまったサラは、朝から不機嫌に朝食のサンドイッチを貪っていた。

荒れた気持ちでつくったせいで味付けが異様に濃い。粗めのピクルスの酸味も強いし、黒胡椒もかけ過ぎて辛い。味を中和しようと紅茶に砂糖を加えるが、手が滑って予定の倍の量を入れてしまった。

砂糖の沈殿する紅茶を怖い顔で見下ろすサラの視界の端で、サラを不機嫌にした元凶は優雅に新聞を読んでいるから、余計に苛々が募る。

だから名前を呼ばれても、一度目は聞こえない振りをしておいた。二度目は仕方なしに顔を向けてやる。

チェスターはサラの分かりやすい態度に小さく笑いながら、今日は仕事が休みだとサラに告げた。

「お休み？　どうして？」

「このところずっと働き詰めだったから休みをとった。サラも屋敷の中だけの生活だと暇だろ？　たまには外に出かけてみないか？」

「いいの？　ジェドに怒られない？」

「軽く変装をしていけば平気だ。要はオレがハンコックの人間だとバレなければ問題はないからな」

「私とチェスターが別行動をとる方法もあるわよ」

「一人で出かけたいのなら外出許可はなかったことにする。オレと出かけるのなら外に連れて行く。どうする？」

「チェスターと行く！」

「素直でよろしい」

　久しぶりの外出に自然と笑みが零れる。ジェドに買われて屋敷に来てからは外出を禁止されていたから、どうしても息苦しさを感じていたのだ。

　顔を洗って髪を梳かし、せっかくだからと部屋に戻ってクローゼットの中から一番お気に入りのドレスを取り出した。

　ジェドが用意してくれた服は色も種類も豊富でどれも素敵だけど、ピンクの花の刺繍が施されたドレスが一番のお気に入りだ。

鏡の前でスカートを持って変な場所がないかを確認していると、ドアがノックされて扉からチェスターが顔を出した。

異国の服を身に纏い変装したチェスターは、目立つ金色の髪を隠すために頭にターバンを巻いている。見慣れない姿に目を瞬くと、チェスターもサラと同じような顔をしたあと柔らかく笑った。

「サラも着替えたのか。気合が入ってるな」

「チェスター、着替えるの早くない？」

「早く用意しろと言ったのは誰だ？」

「私」

「その期待に応えたオレに何か言うことはないのか？」

「えっと、ありがとう。かな？」

「もう一変」

「……チェスターはそういうところがしつこいと思う」

「サラに感謝される機会は貴重だから、聞ける時に聞いておきたいんだ」

軽口を叩きあいながら屋敷の裏口から外に出る。

晴天の今日は太陽の日差しが強いが、海から吹き付ける風のおかげでそれほど暑さを感じない。

遠くから眺める海も素敵だけど、近くから見た方が圧倒的な広さと迫力を体感することができて面白い。

栈橋で羽を休めるカモメの横を歩きながら、露店で買ったお菓子を頬張る。

小麦を使って焼いた生地にフルーツでつくった蜜をたっぷり染み込ませたそのお菓子は、トッピングにこれでもかと砂糖が振りかけられていて、あまりの甘さにチェスターは一口で降参したほどだった。

港は船乗りや物売りだけでなく、家族や恋人たちの憩いの場でもあるらしい。ふと、小さな女の子を肩車して歩く父親と、その隣で幸せそうに微笑む母親という家族の姿が目に入った時には、羨ましさと切なさが込み上げてきて、慌てて目の前のお菓子にかぶりついた。

目を細めて雄大な海を眺める。

波に合わせて揺れている停泊中の船は、チェスターの船ではないらしい。チェスターの所有する貿易船は規格が大き過ぎるため、この港とは別の大きな港を利用しているのだという。

この港の船より大きい船なんて想像するだけでも難しい。

海に触れてみたくなって、サラは栈橋に座り込んで水面に向かって手を伸ばした。

もう少し無理をすれば届きそうだとぎりぎりまで身を乗り出すと、横から伸びて来た手に腕を摑まれる。

「落ちるから止めろ」

「チェスターって意外と心配性よね。それに、とっても世話焼き」

「サラに振り回されている、の間違いじゃないのか?」

「振り回されてるのは私の方よ。チェスターはやることがいつも突然だし、私のことはお構いなしだし……」

「その言葉はそっくりそのままサラに返す。サラとの出会い方以上に心臓に悪いことはもう二度とないだろうからな」

「あの時は私も必死だったの」

「サラを追っていた男たちは借金取りだったと聞いている。今更だが、何故借金取りから逃げていたんだ? オレには、サラが借金をつくるようには思えない」

「説明すると長くなるから面倒くさい」

「……向こうの露店で氷を削ってつくったお菓子を売っている。この暑さの中だとさぞや美味いだろうな、食べたくないか?」

「……食べたい」

「なら話せ。何があって追われていたんだ?」

食べ物に釣られて、父親が借金をつくり蒸発したことを話すと、母親にも捨てられたことまで説明させられてしまう。

不幸自慢をしたいわけではないから、淡々と身の上を口にした。

チェスターはいくつか質問を挟んでサラの状況を把握すると、「そうだったのか」と、重たいため息をつく。

「両親を恨んでいないと言えば嘘になるわ。だけど、恨んだまま生きるのって馬鹿らしいでしょう？　だから忘れることにしたの。両親を忘れることが私なりの復讐であり、精一杯の強がりでもあるから」

「もしサラの前に両親が現れたらどうする？」

「殴るわよ。それから二度と顔を見せないでって怒る。私はイヴァンに言われて考え方を変えたの。私は捨てられたんじゃない。借金と引き換えに私が親を捨てたの」

チェスターはサラの言葉に何かを言いかけ、迷うように視線を彷徨わせた。

そして、小さく息を吸い込み、ゆっくりと口を開く。

「寂しくないのか？」

「全然。未練があるのは住み慣れた家だけ。だから同情して私の両親を捜すなんてしないでよ。そんなことしたら二度とチェスターと口利かないから」

「それは困るな」

「今は娼婦として生きるしかないけど、いつか自由になったら自分の家族をつくりたい。そのためにお金を稼がなくちゃ」

強い意志を込めてまっすぐに水平線を見つめるサラの横顔に、チェスターの眼差しが向けられる。

サラは、穏やかな海風に巻き上げられた髪を手で押さえた。

少しだけ途切れた会話に変わるように、静かな波音が辺りを包む。

キラキラと輝く水面を眩しそうに見つめていたサラが視線に気づいて振り向くと、チェスターはわずかに動揺し、口元を隠すように手を添えた。

「どうかしたの？」

「いや……何でもない」

「ねぇ、チェスター」

「何だ？」

「童貞ちょうだい」

しめやかな雰囲気を台無しにする爆弾発言を投下する。

サラの図々しい一言に、チェスターは額に手を当ててガックリとうなだれた。

「オレはサラに女嫌いを克服する手伝いをして欲しいだけで、娼婦として雇ったわけじゃない」

「知ってるわ。チェスターは好きな人がいるんだもんね。その人のために女嫌いを治すんでしょう？　でも私にも事情があるから一回だけ抱いて欲しいの。駄目？」

「その事情とはどんな事情だ」

「ジェドに言われたの。チェスターを襲えって」

「アイツ……」

「だからお願いチェスター。私にチェスターの童貞をちょうだい」

「気分が乗らない」

「私の話を聞いて同情しなかった？　可哀想だから抱いてやろうって、これっぽっちも思わなかったの？」

「まったく」

「冷血漢！」

「そろそろ行くぞ。あまり海風に当たると身体が冷える」

「嫌！　せっかく外に出られたんだから日暮れまでは帰らない！」

「ガキみたいなことを言うな」

小さくため息を零したチェスターは、桟橋にしゃがみこんだサラを立たせようと手を伸ばした。

だがその時、すぐ後ろを追いかけっこしていた子供たちの一人が足を引っかけて転びそうになり、チェスターはサラに差し出していた腕でその子供を咄嗟に抱き留める。

チェスターの機転で幸運にも桟橋を転がり落ちずに済んだ子供は女の子だった。

その子は自分が転ばずに済んだことにホッとしたように笑みを浮かべると、チェスターに可愛らしい声でお礼を言い、一緒に遊んでいた兄らしき男の子のもとへと駆けていく。

少々お転婆に育っている女の子がかつての自分と重なって、懐かしさを噛み締めていると、隣に立っていたチェスターが急に膝をついてしゃがみこんだ。

「どうしたの？　顔色がすごく悪……………あ、そうか。さっきの、女の子だった……」

「……悪い。少しだけ休ませてくれ」

「向こうまで歩ける？　ベンチで横になった方が楽になると思う」

チェスターに肩を貸して近くのベンチまで移動する。額に冷や汗を浮かべたチェスターは、さっきまでの意地悪な態度が嘘のように顔を青くしていて苦しそうだ。

彼の傍らにしゃがみ、浮かんだ汗をハンカチで拭いながら、チェスターの女嫌いは本当だったのだと今更ながら実感する。

女に触れると気持ちが悪くなると聞いてはいたけれど、どこかでは疑っていたし、これほどまでとは思わなかった。

ターバンの隙間から零れた前髪が汗で顔に張り付いていたので、指先でそっと撫でつける。血の気が引いているせいか、身体が冷たい。

辛そうに深く目を閉じていたチェスターは、額に触れるサラの手に自分の手を重ねると、そのまま握り締めた。

「大丈夫？」

「少し休めば動けるようになる。今のは不意打ちだったせいで症状が酷く出ただけだ」

「不意打ちじゃなかったら大丈夫なの？」

「そうじゃない。ただ、心構えをしていれば少しだけ我慢できる」

チェスターの声は頭上を飛ぶ海鳥の声にもかき消されることなくサラの耳に届く。

「……少し休んだら、屋敷に帰ろう」

「陽が暮れるまで帰らないんじゃなかったのか？」

「そういう意地悪なことを言うと意地でも帰らないわよ」

「それは困った」

チェスターは目を閉じたまま静かに笑う。

サラは、チェスターと目の高さを合わせた。

「ねぇ、チェスター。チェスターの家は大きな貿易商なのよね？　今まで社交界ではどうしてたの？」

「行きたくなくて、仕事を優先していた。どうしても参加せざるを得ない時は、顔出し程度だな」

「ダンスのお誘いを断るのは大変じゃない？」

「ハンコックの名は社交界にも強い影響力があるから断ったところで変な噂を立てられることはない」

チェスターの伏せられた睫毛がゆっくりと持ち上がる。何度見てもチェスターの緑色の瞳は魅力的で美しい。

「サラ」

小さな声で名前を呼ばれて顔を近づける。すると、後頭部に手が回されて引き寄せられ、そのまま触れるだけのキスをされた。

軽く触れるだけのキスだ。

辺りに賑やかな声と波の音が溢れているはずなのに、何も意識に入って来ない。ただただチェスターの存在だけを感じている。

(あぁ……そうか。分かったわ……私……チェスターのことが好きなんだ……)

甘く痺《しび》れる感情の名前をようやく知ることができて胸の奥が切なく疼いた。

出会いは最悪で、再会も良い印象はない。

けれど、飾らないチェスターに惹《ひ》かれてしまっていた。

彼の傍にいるだけで、些細《ささい》な幸せも宝物になる。

「どうしてキスをしたの?」と聞く勇気などなくて、迷うように視線を彷徨わせる。

ふいにできた静寂の中、誰かの笑い声が大きく響いて聞こえた。

「……帰ろうか」

チェスターはサラの提案に何か言いたげな顔をしたが、結局何も言わずに頷いただけだった。

それでも自然と握り合った手は離されなくて、触れ合った手のひらが燃えるように熱かった。

(私が抱いたこの恋心は、チェスターに悟られちゃいけない。チェスターも私みたいな娼婦に想いを寄せられても迷惑なだけだもの。きっと私の扱いに困って悩ませるだけだわ)

溢れそうになる気持ちに無理やり蓋をして、何でもない自分を装い、緊張感のないヘラリとした笑みをつくり上げる。

さっき買ってもらう約束をした氷を削ったお菓子の露店は、素通りした。

今はどんな甘い物よりもチェスターとの時間の方が甘いから、お菓子はいらないのだ。

「チェスター、一つだけ我儘を言ってもいい？」

「一つ？」

白い歯を見せて、チェスターが笑う。

「何で笑うの？」

「サラの我儘は通常運転だと思うんだが……」

「なら言うの止める」

「冗談だ。何か欲しいものでも見つけたか？」

「今だけで構わないから、私をお嬢様みたいにエスコートして」

「そんなことでいいのか？」

サラのお願いに、チェスターは驚いたように瞳を丸くさせる。

これは予想だが、もっとすごい我儘をねだられるとでも思っていたのだろう。

「分かってないなぁ。社交界では紳士がエスコートするのは当然かもしれないけど、私たちにとっては憧《あこが》れなのよ」

「それは失礼しました。では、サラ嬢。私にその手を預けていただけますか？」

「本物の紳士みたい！」

「本物だからな」

恭しくお辞儀をしながらサラの手を取るチェスターと顔を見合わせ、フッと互いに噴き出した。少々動作が大げさなのは、その方がサラにも分かりやすいと思ったからだろう。

不思議と今だけは、自分が社交界に参加しているお嬢様のように思えて、自然と背筋が伸びた。

（チェスターには絶対に言わないけど、意地悪なところも含めて全部が好きよ）

花の香りに包まれた屋敷に戻って来ると、チェスターは頭に巻いていたターバンを真っ先に脱いだ。汗で額に張り付いた髪が色っぽい。

見惚れてしまって頬を染めると、チェスターはサラの腰に片腕を回して少しだけ強引に抱き寄せた。

「サラ嬢。エスコートの謝礼はいただけるのかな？」

「あ、ありがとう」

「そうじゃありませんよ。男への謝礼は言葉よりも行動で。その可愛らしい唇で私の頬にキスをいただけますか？」

チェスターは気障ったらしく片眉をひょいとあげると、両腕でサラを抱き直し、完全に腕に捕らえてしまう。

彼の顔は実に楽しそうだ。

「チェスター……何だかいつもより活き活きしてる？」

「男は単純だからな。ほら、サラ。お礼は？」

「……っ、目、閉じて。しゃがんで」

「かしこまりましたお嬢様」

サラの身長に合わせるように屈んだチェスターの服を摑み、踵《かかと》を上げる。目の前の美しい顔に自ら口付けるには、かなりの勇気が必要だ。

バクバクと暴れる心臓を強く感じながら、意を決してチェスターの頬に唇を押し当てる。

唇にした時とは違い、そこまで柔らかさも熱さも感じない。けれど、自らキスをしたという事実に、頬がジワジワと朱に染まる。

頬に触れた時間は一秒にも満たないだろう。恥ずかしさに顔を俯かせるサラを見下ろしたチェスターは、腰に回した腕の力を抜かないまま、もう片方の手をサラの頬に添えると、コツンと額を当てた。

「それじゃあ足りない」

低く掠れた声に腰がわずかに疼く。吐息まで感じる距離に戸惑い、揺れる瞳を向けたサラにチェスターは柔らかく微笑むと、そのまま奪うように唇を塞いだ。

何度か触れるだけのキスを繰り返し、すぐに唇の隙間から熱い舌が入り込む。

ビクリと肩を震わせると、頬に添えられていた手のひらが後頭部へと移動して、逃がさないとばかりに引き寄せられた。

「……っん…あ……」

緊張で硬くなる身体を宥めるように背中を手のひらで擦られるが、キスが終わる気配はない。

舌先を吸われてゾクゾクと鳥肌が立ち、足から力が抜けていく。

チェスターはサラが座り込まないように身体を抱き上げると、チェストに飾られていた調度品が倒れるのも気にせずに、そこに座らせ、脚の間に身体をねじ込んだ。

「チェ、スター……んっ……」

目線がいつもより高いのはチェストの上に座らされているからだ。おかげで身長差がなくなり、しつこいぐらいに舌を絡めとられた。

まるで魔法にかかったかのように何も考えられなくなって、されるがままにキスを受け入れる。

荒い息遣いに布が擦れる音、それと心臓の音が酷く大きく聞こえた。

「サラ」

「チェスター……」

名を呼ばれる。ただそれだけのことなのにビリリと脳が痺れるから不思議だ。

チェスターは絡み合った唾液の糸を引きながらわずかに身を引くと、今度は無防備な耳元に唇を近づけて甘噛みをする。

「っ、チェスタ……待っ…」

「もう少し」

「あっ！　そこ、ダメ……変に、なる……」

足の先が何かを引っ掻くように宙を掻く。

後ろから回された手で髪を梳かれ、露になった首筋を丹念に啄《ついば》まれる。

ぬめっとした感触は気持ち悪いはずなのに気持ち悪くない。舌の腹で舐められたと思ったら、今度は唇で柔らかい部分を吸われて小さな痛みを感じるのに、口から出るのは甘い声ばかり。

チェスターに触れられるたびに高まる身体の熱は徐々に下半身に移動して、脚の間にジワリと蜜が滲むのが分かった。筋肉がビクビクと震える。

（き、もちっ…良い……）

強い中毒性のある甘い痺れが神経を侵していく。

（肌を啄まれるのも、身体を撫でられるのも、キスも………ずっとしていたくなる）

サラは自然と男を誘う甘い声を奏《かな》でながら、チェスターの首に腕を絡めた。

お互いに求め合うように貪り合う。

腰を抱くチェスターの逞しい腕が、身体のラインを辿りながら滑り降りる。震える太ももに指がかかると、新しい刺激に身体がしなった。

恥ずかしさと、未知の感覚に対する怖さと好奇心に目頭が熱くなり、涙の膜が張る。

下唇に軽く歯を立てられて口を開けるように誘導されて素直に従うと、口内に舌が入り込み、気持ちの良いところを刺激された。

いつしかサラは、与えられる快楽を従順に受け入れていた。羞恥に肌を染めるサラの服を脱がすために、チェスターの腕が背中へと回る。

その時、チェストの縁《ふち》に引っかかっていた調度品が床に落ちた。

ガラスの割れた音に、サラはハッとしてチェスターの首に回していた腕を解《ほど》く。

雰囲気に流されそうになった思考が一気に現実に引き戻された。

冷静さを取り戻したせいで、脚の間にあるチェスターの存在を強く意識してしまい、サラは彼の身体をやんわりと押し返した。

「…チェスター……ガラス片づけるから、下りたい……」

チェスターはいまだ冷めやらぬ官能の滲む瞳でサラを見下ろしていたが、再び唇を奪っても先ほどと同じ雰囲気をつくり上げることはできないと察したのか、諦めたように静かに身を引いた。

衣擦れの音を立てながらチェスターの身体が離れていく。

震える足を床につけたサラは、手の甲で濡れた唇を拭いながら、泣きたくなるくらい嬉しがっている自分に気がついた。

(……私、イヴァンに抱かれると決まった日に、初めてのキスくらい好きな人としたかったと思ったんだわ)

ドキドキと胸を高鳴らせたサラは、込み上げてくる甘酸っぱくも温かい気持ちを噛み締めた。

今まで住んでいた田舎は年頃の男の人は出稼ぎに行ってしまっていたから恋をするような機会は少なかった。それに、家計の足しになるようにとずっと農場で働いていたから、恋をする余裕もなかった。

それがこの港街に逃げ込んでから様々な出会いがあり、暇を持て余すほどの時間を持つことができて……恋をした。

初めての恋は厄介だ。チェスターの顔を見るだけで照れて、心が浮ついてしまう。それだけで済むはずもなく、仕事に出かけたチェスターの帰りを今か今かと待ち侘びたり、テーブルに置かれた新聞にチェスターの痕跡を感じてはドキリとしてしまう。

しかしこんなにもチェスターの存在を求めているにもかかわらず、何故か本人を目の前にすると身体が勝手に逃げ出してしまうのだ。昨日は抱き寄せられたのに思い切り飛び退いてしまったし、今朝もまともに顔を見られなかった。

恋が病と呼ばれるのは、今のサラのような心境にみんなが悩まされて苦しんできたからなのだろうか。

クッションを胸に抱えてソファーのひじ掛けに身体を凭れさせる。あの情熱的なキスから数日経ったのに、まだ唇にチェスターの存在が残っているようで、何度も指で触れることを繰り返してしまう。

テーブルの上の冷めた紅茶を眺めながら胸のドキドキを静めていると、玄関扉のドアノッカーが鳴らされた。

誰だろうと覗き穴から窺うと、仏頂面のジェドが立っていたから慌てて鍵を開けて招き入れる。

ジェドはサラがさっきまで座っていたソファーにずかずかと進み、足を組んで偉そうに座ると、差し出した紅茶を一瞥《いちべつ》してから涼やかな瞳をサラに向けてきた。

「チェスターを避けているそうだな。チェスターにそう愚痴られた」

「さ、避けてない、です。多分……」

「無理やりの敬語は聞き苦しい。もう面倒だから普通に話せ」

「頑張ってるのに……」

「何か文句があるのか？」

「ないです！　ない。えっと、チェスターのことは避けてない。ただちょっと距離を……」

「それを避けていると言うんだ。お前は馬鹿か」

「馬鹿じゃないわ！」

「馬鹿は自分では馬鹿じゃないと言うが、その返答をする奴はかなりの確率で本当の馬鹿だ。悔しかったら他の言い訳をしてみろ」

初っ端から容赦なく喧嘩腰なジェドにサラは応戦しようと口を大きく開くが、「馬鹿じゃない！」以外の返答が見つからなくて奥歯を噛み締める。

　ジェドは反論できないサラをたしなめるように片眉をひょいと上げると、湯気の立ち上る紅茶のカップを指先にかけて「避けてる理由は？」と問いただすような口調で尋ねた。

「お前、自分がどうしてこの場に居るのか忘れたのか？」

「……チェスターの、女嫌いを治す手伝いをするため」

「それで俺は他に何を言った？」

「チェスターの童貞を奪ったらお金をくれるって言った」

「だったらさっさと抱かれろ。娼婦がたかがキスくらいで狼狽えるな」

「……たかが……」

「チェスターはお前が物珍しくて構っているだけで、他意はないことを忘れるな。お前はチェスターの恋人でも婚約者でもない。金で買われた娼婦だ」

「………」

　ジェドの言い方は身も蓋もなかった。けれど、彼の言葉は全部が正しい。

　ちょっとチェスターに優しくされて浮ついてしまったが、本来ならば会話をすることすら許されないほど立場が違うのだ。

　片や華々しい大きな貿易会社の跡取り息子。片や金で買われた卑しい娼婦。対等に扱ってくれるチェスターが例外なだけなのに、いつの間にかそれを当たり前のように感じてしまっていた。そして、優しくされて舞い上がり自分の立場を忘れてしまっていた。

チェスターが優しくしてくれるのは特別な理由があるからだ。もしその理由がなければ、彼はサラに見向きもしなかっただろう。

（どうして図々しくも、恋人みたいになれたら、なんて考えてしまったんだろう）

自分の楽天的過ぎる思考が嫌になる。

「立場を弁えろ。お前は娼婦として金で買われた身でしかない」

「……そんなこと……言われなくても分かってるわ」

「ならいい。身分違いの相手に本気になっても無駄だ。苦しい思いをするだけで、決して報われはしないのだからな」

厳しい現実をサラに突きつけたジェドだったが、最後にフォローするような言葉を添えてくれる。彼も悪い人ではないのだと思う。

ただ、言い方が厳しいのと少々目つきが冷たいせいで、冷徹なイメージが前面に押し出されてしまうのだ。

「あの、ジェド、聞いてもいい？」

「何だ？」

「チェスターの好きな人ってどんな人？　ジェドは知ってる？」

「知っている。チェスターの故郷に住む幼馴染《おさななじみ》で、正真正銘の令嬢だ。家格もハンコックの家に引けを取らない」

「……チェスターはその幼馴染のことがずっと好きなのね」

「俺が知る限りではそうだな。チェスターにとってアンジェリカは特別な存在だ」

（アンジェリカっていうのね……）

名前からして素敵だと思っていると、外見も名に負けない美しさだとジェドが教えてくれる。

はっきりものを言うジェドが「美しい」と言うのなら、アンジェリカは正真正銘の美人なのだろう。

チェスターより二歳年上のアンジェリカは、十代で嫁ぐことの多い良家の令嬢としては珍しく、まだ誰の家にも嫁いだことがない。それは彼女が病弱であることが原因だった。

元々身体が弱かった彼女は療養のために海沿いの街に移り住み、チェスターと出会った。

物静かで儚げなアンジェリカに一目で心を奪われたチェスターは、療養する彼女が寂しい思いをしないように毎日のように屋敷に通い、大人になった今も治療費のために多額の援助をし続けているそうだ。

チェスターがサラを子供扱いするのは、彼が年上のアンジェリカをずっと傍で見て来たからなのだろう。確かにアンジェリカと比べたら、煩く騒ぐサラは子供のように見えてしまうに違いない。

（最初から叶わない恋だって分かってたのに……）

胸に感じる痛みに言葉がうまく出てこない。サラは膝の上で強く手を握り締めて、言葉にするには難しい感情を押し殺した。

「ありがとう。ジェドがはっきり言ってくれて良かった。おかげで傷が浅くて済みそう。イヴァンとの交渉の時も思ったけど、ジェドは言い方に容赦がないよね」

「先に言っておくが、本当に容赦がないのはチェスターだ。アイツは重い責任を担っている分、一度決めたことは絶対に曲げない」

「そうなの？　私の前では結構優柔不断だよ。紅茶の種類にいつも迷ってる」

「そう思いたいのなら思っておけ。俺は何一つ嘘は言っていない」

ついでにジェドの過去も少しだけ聞いてみた。

ジェドはチェスターとは違って和気藹々《わきあいあい》とお喋りする気にはあまりなれない人物だが、失恋の傷をごまかしたくて、勝手に言葉が口から出てきたのだ。

「ジェドとチェスターは性格が似てるようで似てないわよね。大喧嘩とかしたことあるの？」

「無駄な口論をするほど暇ではないし、俺はチェスターを諫めることはあっても、言い争うつもりはない」

「それはどうして？」

サラの質問にジェドは少しだけ迷うように口を噤んだあと、ため息と共に言葉を吐き出した。

「……借りがあるからだ」

ジェドは表情が顔に出ないから、感情を読み取ることは難しいが、もしかしたら彼なりにサラを慰めようとしているのかもしれない。

「俺は子供の頃に不慮の事故で両親を失った」

「え……」

「悲しみに浸る余裕はなかった。俺がまだガキなことにつけ込んで、金にがめつい親戚たちに遺産も居場所も根こそぎ取り上げられそうになったんだ」

今でこそ冷静沈着な男も、当時はまだ九歳だった。自分を追い出そうとする大人たちを相手に、為す術もなかったはずだ。

最愛の両親を失っただけでは済まされず、何もかもを奪われて孤児院に送り込まれそうになった絶望は、はかりしれないものだろう。

「……もしかして、チェスターが助けてくれたの？」

「手を貸してくれたのは、チェスターの父親、ハンコック氏だ。ハンコック氏の助けがあったから、俺はコングフェロー家の名誉も誇りも失わずに済んだ」

ジェドは、ハンコック家に受けた多大な恩を少しでも返すために、チェスターと共に働くことを決意したのだと言う。

「そんなことがあったのね」

呟くサラに涼やかな目を向けたジェドは、ハンコック家の繁栄のために、チェスターには相応しい伴侶を娶ってもらわなければ困るとも言う。そのためにはまずチェスターの女嫌いをどうにかしなければ始まらないのだそうだ。

「チェスターが女嫌いになった原因はジェドにも分からないの？」

「俺と出会った頃にはすでに今と同じ状態だった。本人に聞いても分からないと言うが、幼い頃の何らかの体験が影響しているのかもしれないとは思っている」

「チェスターが私を抱けたら女嫌いは治るってジェドは考えてるのよね？」

「確証はない。ただ、何かしらのきっかけにはなるだろうな」

「そっか……」

「泣きたいのなら今の内に泣いておけ。チェスターの前で泣いても虚しいだけだぞ」

余計なことを言わないジェドの言葉は鋭く胸に突き刺さる。

好きな人には別に好きな人が居て、その人と彼を結びつけるために雇われた。

いくらチェスターのことを好きだと訴えながら泣いても、誰の心を動かすこともできない。

目尻に溜まった涙が静かに頬を流れ落ちる。手の甲でそれを拭いながら、赤く充血した瞳を天井へと向けた。

どれだけ悔いても、チェスターを好きになった事実を変えることはできない。

（でも……この恋心はきっと、宝物にもなる）

チェスターと出会ったからこそ沢山の楽しい思い出をつくれた。あの日、チェスターと出会わなければ、今とは全然違う人生を歩んでいただろう。

優しいキスも、繋いだ手も、海に連れて行ってもらえたことも全部、かけがえのない大切な時間だ。

だからチェスターに返せる唯一の恩返しとして、チェスターの女嫌いを治してあげたい。

(それがたとえチェスターが私じゃない他の誰かと結ばれるための手伝いだったとしても……)

目に滲んだ涙をゴシゴシと腕で拭って気持ちを切り替える。

「ねぇ、ジェド。お世辞や同情はいらないからジェドの率直な意見を聞かせて」

「お前とチェスターは釣り合わない」

「そんなことは分かってるわ」

「なら、何が聞きたいんだ?」

「私が借金を返し終えて娼婦から足を洗えたら、遠くからチェスターを見ているくらいは許されるようになるのかな? 対等になれるなんて思ってない。ただ、遠くから見ていられるだけでいいの。それくらいは許してもらえるかな?」

今は違法とされている娼婦だから、世間からコソコソと隠れていなければならない。けれど娼婦から足を洗い陽の光の下を歩けるようになったら、遠くからチェスターの姿を見て暮らすことくらい許してもらえないだろうか。

サラの問いかけにジェドは考えるように眼鏡に指先を当てると、目を伏せた。

「許されるかどうかは俺には分からない」

「……そっか」

「だが、今よりも立場がマシになるのは確かだろうな」

飾り気はないけれど誠実な返答に、サラは泣きそうになりながらも小さく笑った。

(少しでもチェスターに近づきたい。たとえ一生手が届かなくても、声を聞いてもらえなくても、今のように笑ってもらえなくても……ただ少しでも近づきたい)

仕事だからチェスターに抱かれるんじゃなくて、仕事だからチェスターに抱いてもらえるんだって思えば悲しくなんてない。

好きな人に自分の初めてを捧げられる幸運に涙は消えた。

チェスターのためにできることを精一杯やろう。サラはそう決意したのだった。


気持ちを新たにして、サラは帰宅したチェスターの部屋の扉を開ける。チェスターは丁度ベッドの傍に立って着替えをしていたようで、脱いだシャツをシーツの上に投げ落としながら、突然入って来たサラに不思議そうな表情を向けた。

「何か用だったか？」

「うん、そう。チェスターに用事があるの」

「ならもう少しだけ待ってくれないか。着替えが終わったらすぐに聞く。紅茶を用意しておいてくれると嬉しい」

シャツを脱いだ彼の均整の取れた身体に頬が染まり、思わず顔を背ける。

男の人の裸を初めて見る。一目で分かる逞しい筋肉に分厚い身体。何よりあの腕に抱かれた時の安心感は、タオルの人形とは比べ物にならない。

恥ずかしさを堪えながら、静かに足を踏み出す。

チェスターは出て行かないどころか傍に寄って来るサラに、わずかに困惑の表情を滲ませた。

「サラ？」

「私を抱いて。今すぐ、ここで」

「また急な話だな。何か変なものでも食べたのか？」

「私は真剣なの。茶化さないで真面目に聞いて」

「真面目、ねぇ……」

緑色の瞳がまっすぐにサラに向けられる。

チェスターの目は深く澄んだ湖のように美しくて、魂を吸い取られてしまいそうな気がした。

ざわつく胸の内を落ち着かせるために、サラは心の中でジェドの言葉を繰り返す。

「私が娼婦として連れて来られたってことを忘れてない？　仕事をさせてもらえないと困る」

「サラの仕事はオレの女嫌いを治す手伝いをすることだ。娼婦の仕事はしなくていい」

笑いながらそう言ったチェスターは、最後に「それに、サラが相手だと抱く気にもならない」と続けるから、ジクッと胸が痛んだ。

脳裏に見たこともないアンジェリカの幻が浮かぶ。

物静かで儚く美しい女性が想い人で、自分がチェスターの好みから遠く離れていることは自覚している。

だが、すぐに返されたその否定の言葉は、サラの女としての意地に火をつけた。

大股で部屋を横切りチェスターの傍に立つと、服のリボンを一気に解く。抱かれることを前提に選んだ服ということもあり、リボンを解いただけで煩わしい動作の必要もなくスルリとドレスが身体から滑り落ちた。

あとはレースをふんだんに使った下着のみとなり、少し肌寒い。

チェスターはサラの強引な行動にやれやれと言った感じで苦笑いをしただけで、顔を赤くしてもくれなかった。まるで駄々をこねる子供相手に困っているみたいだ。女扱いすらしてもらえないことが悔しくてたまらない。

「私を抱いて」

「誘惑するにしてはあまりにも唐突だな」

「いいから抱いてよ！」

「はいはい分かった。コッチ向け」

サラの頑なな態度に、少しは譲歩しないと引かないと考えたのか、チェスターは彼女の顎を指先で持ち上げると唇を合わせてくる。

すぐに隙間から入り込んで来た舌で口内を嬲られると、気持ち良さに喉が鳴った。

ただ、チェスターは本気でサラの願いを叶えようとしてくれているわけではない。濃厚なキスをしておけば、羞恥からサラが逃げ出して一件落着すると考えているのだ。

透けて見える思考に、チェスターの首に腕を巻き付けて自ら舌を絡めとる。

チェスターが驚きに目を開けたのを近距離で睨みつけながら、彼の身体をベッドに突き倒す。

予想外の事態に気を取られていたせいで踏みとどまれなかったチェスターは、勢いよく背中からベッドに倒れ込んだ。

スプリングがギシギシと大きな軋みを上げる。

倒れ込むついでに後頭部も少し打ったようだが、気にしないことにした。

逃がさないようにサラもベッドに乗り上がる。馬乗りになったのは状況的には必然だった。

チェスターの腰の辺りを跨ぐように膝を立てて、逃げ道を塞ぐ。これでチェスターも簡単には起き上がれないだろう。主導権を完全に握ったサラは、強気な態度でチェスターを見下ろした。

「いい加減、子供扱いしないで。いつまでも子供騙しのキスで私を黙らせられると思ってたの?」

「………」

「チェスターが抱いてくれないのなら私が勝手に抱かれてやるわ。今ので分かったでしょ？　私だってやる時はやるの」

「……………」

「大体チェスターはいつもいつもい――――っつも私を子供扱いするし、色気がないやら胸が残念だって言うくせに、いざとなったら全然反撃もしないのね。それとも私の真の色気に腰を抜かしちゃった？」

「……………」

「……チェスター、どうかしたの？」

何の反応もないことにようやく気がついて、サラは目を瞬かせる。

チェスターは、ムラムラしているとは到底思えない表情で固まり、顔を蒼白くさせていた。

お化けでも見てしまったかのような態度に今度はサラが戸惑う番だった。押し倒した拍子に頭を打ったのが予想以上に危ない場所だったのだろうか。

慌ててチェスターの上から退こうと腰を上げる。するとチェスターの両手がサラの腰を摑んで引き留めたから、視線を落として組み敷いたチェスターを見下ろした。

チェスターの顔はまだ蒼白いままだったが、先ほどよりは表情が緩み、深く息を吐き出していた。

「チェ、チェスター、大丈夫？　どこか痛かった？」

「いや……そうじゃない。ただ少し、嫌なことを思い出しただけだ」

「……嫌なこと？」

「………」

「えっと、すぐに退くから手を離して欲しくて………」

「このままでいい」

「え？　で、でも……」

「平気だ」

「そうは……見えないけど……」

「本当に平気なんだ。気持ち悪くはないし、吐き気もしない。そのことに自分でも驚いている」

チェスターは眉間に寄せていた皺《しわ》を解くと、頭をシーツに沈めたままでどこか気だるそうな瞳をサラに向けた。

「…ごめんねチェスター。私、チェスターに無理をさせちゃったみたい……」

「驚いたのは事実だが、無理をさせられたわけじゃない」

「傷つけようなんて思ってなくて……」

「知ってる」

「苦しめてやろうとも、困らせたいとも考えてなくて……その…」

「分かってる」

チェスターの呼吸の間隔はいつもより短くて、額にうっすらと汗が滲んでいる。

サラはくしゃりと泣きそうに顔を歪める。

（どうしよう……チェスター、すごく苦しそう……）

「あ、あのね…ごめんなさい。本当、ごめん……」

「泣かなくていい」

頬に手を添えられる。

俯いて垂れた前髪の隙間からチェスターを窺うと、まだ若干顔色は悪いが柔らかく笑っていたから少しだけ身体の力が抜けた。

ホッとして睫毛を伏せる。

チェスターは手のひらでスッとサラの頬を撫でると、その手を後ろへ這わせ、彼女の頭を自分へと引き寄せた。

サラが腰を折るような体勢で二人の身体が近づき、まずはコツッと額同士がぶつかった。それからチェスターは一度目を閉じてからゆっくりと開き、更に引き寄せて、サラの頬に触れるだけのキスをする。

わざとチュッと音を立てられたキスは頬と目尻と唇に落ち、そのまま深いキスへと進んでいく。背中に回された腕に力が込められ、男の強い力で抱きしめられた。

キスは何度もしているけれど、直接肌が重なり合う状況は普通にするキスよりもいやらしく感じてしまう。ゾクリとする疼きにわずかに腰が震える。

「んっ、チェス、ター……っ……」

「サラ、舌を出せ」

「……や、無理っ……」

「やる時はやるんだろ？　さっきの威勢はどうしたんだ？」

「そ、それは……」

「オレを誘惑した責任をとってもらうから覚悟しろ。サラのせいでこうなった」

「っ！」

腰を掴まれてチェスターの身体に押しつけられると、跨いでいる部分に硬く盛り上がったモノが当たって身体がビクリと跳ね上がる。

女にはないソレはとても硬くて、布越しなのに存在感が凄まじい。

思わず逃げるように身体を持ち上げようとするが、チェスターの腕が許してはくれなかった。

「待って！　チェスター、ちょっと待って！」

「誘ったのはサラだろ？」

「分かって、る、けどっ…恥ずかしくてっ……」

「これからもっと恥ずかしいことをするのに、今から音を上げてどうする」

「……っ」

「本気で怖くなったら、どこでも良いから思いっきり噛め。そうしたら止める」

視界が大きく反転して、チェスターと身体が入れ替わる。

（まだ何もされてないのに脚の付け根がキュンとする……）

何度も呼吸をして、壊れそうに激しく暴れる心臓を静めようとするけれど、熱い息を吐き出すための口をキスで塞がれてしまい、余計に呼吸が荒れてしまった。

舌と舌を絡め合う水音が生々しくて、耳を塞ぎたいくらいに恥ずかしい。

童貞を奪ってやる。勝手に抱かれてやる。なんて、散々勝ち気なセリフを口にしたくせに、サラの強気な気持ちは今や少しも残っていなかった。

キスが唇と耳と首筋に落ちる。柔らかい窪《くぼ》みを舌先で撫でられて肩口にやんわりと歯を立てながら項に触れられると、それだけでたまらない痺れが脳に走る。

親にも見せたことのない胸は、窓から差し込む夕日のせいでチェスターには丸見えだろう。

襲う時間をもっと考慮するべきだったと後悔してももう遅い。チェスターの体からは色気が放出されていて、普段の意地悪なものと違う表情は酷く官能的だ。

見ているだけで腰が疼く。

胸の飾りを口に含まれて甘い声が口から洩れる。軽めの力で胸を吸われる光景は目を逸らしたくなるほどに衝撃的だ。

「チェスター……ぁっ、あんまり、吸っちゃヤダ……」

唾液で濡れた場所が、すぐに手で揉み込まれて熱を帯び始める。指先でぷっくりと尖った先端を弄《いじ》られ、反対側の乳首を甘噛みされて肌が粟立《あわだ》った。

気持ち的にはすぐにでも降参したいぐらいに恥ずかしいが、チェスターの童貞を奪う使命を思い出して心の中の白旗を投げ捨てる。

変な声が出てしまう唇をキュッと横に引き結び、鼻から息を吐き出すのだけれど、声の我慢を妨害するかのように項に指を這わされて喉をのけ反らせた。

「っ、はぁ……」

今までの人生で一番の恥ずかしさに涙が滲み、腕を顔の前で交差して目を覆う。こうすると視覚が奪われて少しは恥ずかしさが軽減されると考えたのだが、逆に視界が塞がれたことにより感覚が敏感になってしまうようで、耳に届くピチャリという水音に大声で叫びたい衝動に駆られた。

チェスターの愛撫は胸から腹へと下り、へそ周りの肌に何度も吸い付かれる。

身体に刻まれる赤い所有印は、どこを愛撫し終えたのか一目で分かるように首元からお腹まで残されていた。

身体が熱いせいで空気が冷たい。荒れた呼吸を繰り返していると、太ももを撫でていたチェスターの指先が、下着に隠された部分に進む。下着の上から触れられて、溢れ出た粘《ねん》液《えき》がぐちゅっと音を立てた。

「やっ！　チェスター！　そこっ……ヤダ……」

「何が嫌なんだ？」

「触るの、イヤだ…」

「オレを襲うんだろ？　それともこの絶好のチャンスを無駄にするのか？」

「……っ」

逃げるように身体を捩りながら震える手で彼の太い腕をどかそうと試みるけれど、チェスターに意地悪く囁かれ、戸惑いながらも腕の力を抜いていく。

指の腹で敏感な部分を布越しに擦られながらのキスは、脳みそを融かしてしまいそうな威力がある。行き場をなくして彷徨った手のひらはシーツの上をなぞりながら、時折強く握り締めては深いシワを刻んだ。

（キス、いっぱいして、恥ずかしい場所を全部触られてる……）

零れそうになる声をシーツを噛んで抑えながら濡れた瞳をチェスターへと向けると、肌に優しいキスが落ちる。

「シーツを噛むなサラ。もっと声を聞かせろ」

「……っいやだ……」

「相変わらず素直じゃないな。そんな可愛い声で嫌がられると、余計に苛《いじ》めたくなる」

シーツを噛む唇に指がかかり、少し強引に口を開けさせられて唾液で濡れた布が引き抜かれる。

替わりに入り込んだ指先は引っ込んだ舌の上をくすぐるから、まるでキスをされている感覚に陥ってしまう。

それだけならまだしも、厚みのある指を咥《くわ》えさせられているせいで唇を閉じられず、甘い声が抑えられなくなってしまうのだ。

キッとチェスターを涙目で睨んでみても、色気の漂う笑顔が返って来て視線を泳がせる。そんな甘く蕩《とろ》けそうな顔をされると、愛されているかのように勘違いしてしまうから止めて欲しい。けれど今だけは、愛されているとも思いたい。

チェスターの指先が下着の横から中へと入り込み、直接秘部を弄《いじ》り出す。

下着越しでも十分感じられた刺激は、直に触れられると桁違いに快楽が強くなる。ヌルヌルと愛液をたっぷりと纏った指先で擦られるたびに背筋に快感が走り体中に鳥肌が立つ。

最初は大きく前後になぞられ、反応する場所を探り当てられると重点的に責められた。

チェスターには焦《じ》らす気はないようで、強弱をつけて弄られると大きな快感が膨れ上がっていく。ついに限界をむかえ身体がビクンと何度も痙攣《けいれん》を起こした。

「……あ……」

「上手にイケたな」

汗に濡れた額を撫でながら囁かれ、自分が絶頂を迎えたのだと理解した。

一瞬だけ硬直した身体は徐々に力が抜けていく。荒く息を吐き出していると、絶頂により溢れた蜜が太ももにじんわりと垂れていくのが分かった。

どういう顔をしたら良いのか分からなくて、赤くなった顔をシーツに押しつける。

すると、チェスターがサラの顔を覗き込もうとしてくるから、手探りで枕を探し出して後ろ手に投げつけた。

狙いを定めていないため掠りもしなかった枕が床に落ちるのと同時に、チェスターがフッと小さく噴き出した。

「サラ」

改めて名前を呼ばれた。

港で買ってもらったお菓子よりも何十倍も甘ったるく聞こえるその声に胸やけしそうだ。涙ぐみながらも隠していた顔を上げるサラに、チェスターは嬉しそうに顔を綻ばせる。

「ようやくサラの顔が見れた」

「こ、こういうことはしなくていいから！」

「前戯をしないなんて勿体ない。それにちゃんと慣らさないと、後でサラが辛い思いをすることになる」

「私は大丈夫だから早く、い、挿《い》れて！」

「積極的に求められるなんて光栄だな」

薄らと額に汗を滲ませたチェスターは、そう言いながら魅力的な笑みを浮かべた。サラの愛液で濡れた指先を下着の縁に引っかけると、ゆっくりとずり下げていく。

(だからそういう焦らしは恥ずかしいから、バッとひん剝《む》いてパッと挿入してサッと終わらせて欲しいの！)

本当は怒ってしまいたいけれど、下着を脱がされる恥ずかしさが上回り、眉尻が下がってしまう。

「可愛いな」

チェスターは狼狽えて視線を揺らすサラをそう表現して、こめかみに唇を落とし、サラの不安を吸い取ってでもいるかのようにキスの雨を降らせた。

たっぷりと愛液を纏わせた指先が奥まった場所の入口に差し込まれる。

狭い場所を押し広げられる圧迫感に熱い吐息を零すと、深い場所まで沈み込んでいた指が引き抜かれ、今度は浅い場所を何度も往復し始めた。

「あっ、ふぅ……、ぁ…」

「声を我慢するな。その方が楽になる」

「そ、なの、無理……」

「大丈夫、痛くしない」

違う。痛いのは覚悟しているから早く抱いて欲しかった。

サラにとっては拷問にも思える恥ずかしい時間を少しでも早く終わらせたいのに、チェスターはしつこいくらいに丁寧に秘部の奥を解していく。

羞恥心に耐えるように足の指でシーツを乱す。秘部を解す指の数が増やされると、濡れた音がより大きく響いて鼓膜を犯した。

「大丈夫か？」

「……大丈夫、だから…もう平気だからっ……」

「まだ十分に慣らしていない」

「痛くても、いい……から、お願い……」

舌ったらずな声でねだったのは、ほとんど無意識だった。

チェスターはサラの発言にコクッと喉仏を上下させて唾を呑み込んだ。

その口元に優しい笑みが浮かぶ。

程よく日に焼けた肌に発達した筋肉のラインが妙に色っぽい。今からこの身体に抱かれるのだと思うと、妄想が先走り、身体の奥がジワリと熱を帯びて濡れてしまう。

心臓が苦しい。息の仕方も忘れそうだ。

チェスターの一挙一動に神経が過敏に反応する。

やがて、粘液越しに硬いモノが当てられる感触がして、ぐっと息を押し殺す。

指とは違う硬さと太さをしたチェスターの昂《たかぶ》りが秘部を撫で上げ、亀頭が入口を押し広げていく。

痛いのはきっと少しの間だから我慢できるはずだ。

だから大丈夫だと自分にそう言い聞かせながら、サラは乱れる呼吸を堪えるように息を止めた。

「息を止めるな。痛かったり怖かったら遠慮なくそう言ってくれ。無理をさせるつもりはない」

低い声で囁かれ、応えるように小さく頷く。

手元のシーツを強く握り締めたサラは、涙で濡れた瞳でチェスターを見上げた。

「大丈夫。平気……。痛くても我慢する」

「だから我慢をする必要はないと言っているだろ」

「駄目よ。だってこれが私の仕事なんだもん。抱かれないと駄目だから……」

熱に浮かされた頭で、サラは自分自身への励《はげ》ましの言葉を口にする。だが、チェスターは、その言葉を聞いたとたん、氷水でも浴びたかのように表情を硬くした。

「仕事……か」

静かな声はサラの耳には届かなかった。

今まさに好きな男に抱かれるという状況で冷静でなどいられるはずもなく、サラは自分の失言にすら気づけないでいた。

けれど、しばらくして動きを止めてしまったチェスターに気づき、戸惑いの顔を向けた。

「チェスター？」

「気が変わった。今日は抱かない」

「え……」

一瞬、知っているはずの言葉が分からなくなってしまったかのような錯覚に陥ったのは、あまりにも急過ぎる展開のせいだ。

後は挿れるだけの流れでおあずけなんて考えられない。だがチェスターは本気のようだ。

抱えられていた脚が解放される。

サラは離れていくチェスターの腕を慌てて掴んで引き留めた。

「どうしてやめてしまったの？　私の何が駄目だった？」

「つれないことを言ったサラが悪い」

「私、何か言った？」

「自分で考えるんだな」

床に落ちた自身の上着を拾い上げてサラの身体に被せたチェスターは、本気で行為を中断する気らしい。

ベッドに体を横たえ、ポカンとした顔で座り込むサラを引き寄せようとする。

その手を払うと、チェスターがかけてくれた上着が肩から滑り落ちた。

「チェスター！」

怖い顔で不満を訴えると、チェスターは頭をかきながら起き上がり、今度はサラを抱きしめたまま倒れこんだ。

「わっ！」

勢いが強すぎてベッドが大きく弛む。

起き上がろうとしても身体にしっかりと回された腕が外れないので、キッとチェスターを睨みつけた。

「どうして抱いてくれないの？　駄目なところがあったら直すから教えて欲しい。直ったら抱いてくれるよね？」

「直してもらえたら嬉しいが、理由は教えない」

「意地悪しないで教えて。ちゃんと直すわ！　だからお願い。理由が知りたいの」

「人に言われて直しても意味がない」

「どういうこと？」

「サラ自身が気づいてくれないと意味がないんだ」

チェスターはそう言いながら目を伏せる。

どうにかして抱いてもらえなかった理由を探そうとしたサラは、チェスターの視線の先がサラの胸元なのだと勘違いして、「今から沢山ご飯を食べたら大きくなるかしら」と控えめな胸を腕で寄せ上げた。

真剣な顔をして悩むサラにチェスターが小さく噴き出す。

「サラは今のままで十分魅力的だ」

「でも私の何かに不満があるんでしょう？」

「一つだけな」

「胸の大きさじゃないなら何が駄目なの？　顔？　声？　性格？」

「全部外れだ」

「なら……えっと、後は……」

他の理由を求めて、眉根を寄せて悩むが答えはなかなか見つからない。困り果てて助けを求めるようにチェスターを見上げると、助言の代わりにキスをされ、シーツに埋もれた足がビクッと跳ねた。

「ん――……！　んん！　長いっ！　苦しい！」

「せっかく二人で居るんだから、難しく悩むより楽しい話をしたい。今日は何をしてた？　サラのことをもっとオレに教えてくれ」

「そんな気障《きざ》ったらしいセリフを簡単に言うと、女たらしだと疑われちゃうわよ」

「女嫌いのオレが堂々と口説けるのはサラだけだ。そのことを忘れないで欲しい」

「……忘れてたわ」

　呆れたように肩を竦めたチェスターが、小声で謝るサラに穏やかな笑みを向けるから、心に宿っていた怒りが消え去ってしまう。

　緑色の瞳はどこまでも澄んでいて、まるで怪しい魔法をかけられているかのようにサラを魅了するのだ。

　チェスターの傍に居ると、自分が自分でなくなる時がある。些細な言葉で舞い上がるほど嬉しくなったり、逆に酷く落ち込んだりと忙しい。

(恋って厄介だ……)

　でも、制御できない気持ちは毎日を色鮮やかに見せてくれる。

　窓の外はすっかり暗くなり、小さな星々が夜空に静かに輝いていた。

　吹き付けてくる潮風で薄らと白く汚れた窓ガラスは、チェスターの腕に抱かれるサラの姿を映し出している。

　代々続く貿易会社の家に生を受けたからなのか、チェスターの所作には育ちの良さが滲み出ていて、何をしていても洗練されて見える。

それに比べて自分は金で買われた卑しい娼婦だから、きっと誰もが私とチェスターを不釣り合いだと表現するだろう。

胸に走る痛みをごまかすように窓から目を逸らした。

「……サラは海の向こうに興味はないか？」

「突然、変なことを聞くのね」

質問の意図が分からなくてサラは首を傾げる。

チェスターは腕に抱くサラの髪を優しく撫でながら、形の良い唇を開く。

「行ってみたくはないか？」

「行けたら楽しそうだとは思うけど……どうしてそんなことを聞くの？」

「サラをオレの故郷に連れて行きたいと言ったらどうする？」

「どうして？」

「理由はまだ決めてない」

「何それ。意味が分からないわよ。寝ぼけてる？」

小さく笑ったチェスターを見上げながら、少しだけ、もしもの未来を想像してみた。

チェスターの故郷に連れて行ってもらえるのなら、チェスターともっと一緒に居られる。

好きな人の故郷を知りたいと思う気持ちはあるけれど、チェスターにはサラとは別の誰かを愛して妻に迎える未来が待っている。きっとその時にチェスターの隣に立っているのはアンジェリカだろう。

　幸せそうに寄り添う二人の姿を見たくなくて、サラは静かに首を横に振った。

「……サラはオレと離れても平気なのか？」

「私は元々チェスターがこの港に滞在している間だけ雇われた娼婦なのよ。だから時期が来たら離れるのは当たり前だと思う」

「オレに抱かれようとしてるのも仕事だから、と言うのは本心なのか？」

「……他に理由がある？」

　胸の痛みを我慢しながら無難な言葉を探す。

　チェスターはサラの答えを聞いて苦しそうに眉間に皺を寄せると、何かを言おうとして開いた口を閉じて、気持ちを切り替えるかのように肩で息を吐き出した。

「オレを頼ってくれればすぐにでも借金は返せる。オレはサラの力になりたい。この気持ちに嘘はない」

「……うん、ありがとう」

「借金がなくなれば仕事でオレに抱かれる必要がなくなるのも分かっているんだろ？」

「分かってる。でも嫌なの。チェスターには頼らない」

「何故だ？」

「私なりのプライドがあるから」

「プライドのために身体を売るのか？」

「最初は悩んだけど、娼婦になると決めた時に覚悟も決めたの。借金は自分自身の力で返す。そうじゃないといけないの」

借金のかたとして売春宿に買われた自分を、自身の手で取り返したい。人の力を借りたくはない。

チェスターの気持ちは嬉しいが、サラにも捨てられない意地とプライドがあった。何よりチェスターと少しでも対等になりたいと願っているからこそ、これ以上の借りをつくりたくない。

それに、沢山の幸せな思い出をつくってくれるチェスターに恩返しをしたいのだ。その結果がたとえチェスターが長年想いを寄せているアンジェリカと結ばれる未来に繋がっているとしても、彼の幸せを応援したい。

自分の気持ちはチェスターには内緒だ。この恋心を知られてしまったらきっと、チェスターは、自分を哀れに思って抱いてはくれないだろう。

アンジェリカのためにサラの気持ちを申し訳なさそうに拒絶するチェスターの姿が容易に想像できて、小さく笑う。

（大丈夫よ。私が部外者だってことはちゃんと理解してるから。チェスターの女嫌いが治って愛しい人を腕に抱きしめられたあかつきには、潔く身を引いて二度と二人の前には姿を現さないと約束する）

「力を貸してくれる気があるのなら、お金はいらないから私を抱いて欲しい。チェスターは私じゃ不満かもしれないけど、チェスターに抱かれたことは誰にも言うつもりはないわ。だから、犬にでも噛まれたくらいに気楽な感じでいこうよ」

「あまり自分の価値を下げるようなことを言うな」

「だって現に価値なんてないもん。私は借金持ちの娼婦なのよ」

「どんな境遇だろうが、サラがサラであることは変えようがない。オレの知っているサラは誰よりも魅力的なレディだ」

「なら抱いて」

「弱ったな……」

見せつけるように大げさなため息をついたチェスターは、苦い笑みを浮かべてサラの身体をしっかりと抱き直すと、甘えるように肩口に顔を埋めた。

「サラがオレに抱かれたいというのはよく分かった。だが、本当に良いのか？」

「当たり前よ。だってそれが私の仕事で、この場に居る意味だもん」

「オレはサラを傷つけるようなことはしたくない。ジェドにはオレからうまく伝えておくから、無理して自分を犠牲にしなくてもいいんだ」

手のひらから伝わる体温が温かくて、チェスターの優しい気持ちがじんわりと身体に染み込んでくる。

どこまでも優しい人だ。

眉尻の下がったチェスターはいつもより可愛く見えて、自然とサラの口角が上がった。

「犠牲だなんて思ってないよ。チェスターのために私ができることをしたいの」

「恐ろしいほどの殺し文句だな」

チェスターの手のひらがサラの頬を滑り、顎にかかる。

「キスをしても？」

「どうぞ」

「オレとキスをするのは嫌じゃなさそうで安心した」

形の整った唇がゆっくりと艶やかに微笑む瞬間を目撃する。

チェスターはいつもの意地悪な笑みを浮かべると、サラの髪を指先で掬い上げて露になった首筋に唇を当てた。

「っ……」

たったそれだけの行為に身体が大きく反応する。

鳥肌を立てたサラの首裏を丹念に舐めあげるチェスターは、時折わざと音を立ててチュッと肌を吸い、吐息を零した唇を濃厚なキスで塞ぐ。

深く舌を絡ませ合うと、ただキスをするのと比べ物にならないくらいに気持ちが良くて、自然と喉が鳴った。

「……チェスター……今度は最後まで抱いてくれる？」

「それはサラの気持ち次第だ」

「私の気持ちは言った通りよ。チェスターのためになるのなら何をされてもいい」

「そう思ってくれるのは嬉しいが、その答えでは不正解だ」

「どう言えば正しい答えになるの？」

「考えるのはサラの仕事だ」

「正解を見つけたら抱いてくれる？」

サラの問いかけにチェスターは静かに頷くと、サラの顎に指先を当てて視線を絡める。

そして掠れるくらいに低めた色っぽい声でこう言った。

「その時を楽しみに待っている」

「約束よ。頑張って答えを見つけるから、チェスターも約束を守ってね」

「心配なのは、サラが答えを見つけるまでオレの理性がもつかどうかだ」

指先が唇をなぞり、隙間から舌先を撫でる。

どこを触られても気持ち良いなんて、全身が性感帯になる魔法をかけられたかのようだ。

自分の身体なのに自分の意思とは関係なく甘い痺れに支配されて怖い。けれど、もっとチェスターを求めてしまう。

うなじに手が回されて反射的に目を閉じた。

数えきれないほどのキスを重ねているはずなのに、一向に慣れる気がしない。

吐息と共に漏れる甘い声に誘われるように唇の隙間からチェスターの舌が入り、より深く求められる。

「チェ、スター……っん、ぁ…」

まるで快楽を教え込まれているかのようだ。

優しく丁寧で、とても情熱的なキスに酔いしれる。

指が絡め取られる感触に伏せていた睫毛を持ち上げると、唾液の糸を引きながらチェスターが体を離した。

熱に浮かされてぼんやりとした視界で捉えたチェスターの姿に、胸がドキリと大きく跳ねた。

涙が滲んで視界が悪いせいかもしれないが、チェスターの瞳が信じられないくらいに優しく見えて、愛されているのかもしれないとまた錯覚してしまいそうになる。

サラは心の中で「好き」と呟いた。

チェスターに聞こえるはずがないからもう一度「大好き」と心の中で繰り返すと、まるでその呟きが聞こえたかのように唇が重ねられるから、嬉しさに涙が一筋流れ落ちた。

（このままチェスターの理性が壊れてしまえばいいのに……）

そんなことをこっそりと思いながら、サラは更けていく夜を過ごしたのだった。

＊　＊　＊

「……で、まだ抱かれてないと？」

仏頂面《ぶっちょうづら》のジェドを前に、サラは縮こまりながら小さく頷く。

ジェドはいつもと変わらぬクールな空気を漂わせているが、若干……いや、かなり眉間に皺が寄っていて、面倒くさそうに長い脚を組み変えた。

「あ、あのね、確認したいことがあるんだけど、チェスターって本当に童貞なの？　私の主観だけど……手慣れてるような気がして……」

「重度の女嫌いのチェスターに経験があると思うか？」

「思わない、けど……」

「お前が処女だから手慣れているように思えるだけだろ」

「そうなのかなぁ……」

何となく納得がいかないが、小さな女の子を抱き留めただけでもフラフラになっていたチェスターを思い返すと、やはりただの思い違いなのかもしれない。が、納得はできない。

サラがまだ閨事について何も知らない状態だからチェスターが手慣れているように見えると言うのなら、浮き名を流す手練れはものすごい手腕を持っていることになるのではないだろうか。

他の男に抱かれたことがないから比べることはできないし、かと言って赤裸々にチェスターとのことを語るのは恥ずかし過ぎるからしたくなくて、悶々とした気持ちでクッションを抱きしめる。

テーブルに用意した紅茶はすっかり冷めてしまっていたが、特有の香りだけは薄まることなく、部屋に甘い香りを漂わせていた。

「それにしてもチェスターは思った以上にお前のことを気に入っているようだな。最近の機嫌の良さは少々気持ち悪い」

「ジェドはチェスターに結構容赦ないよね」

「俺はハンコックの家に引き取られて一緒に育てられたから、幼馴染というよりも兄弟の関係に近い」

「チェスターはあんまり家族の話をしないけど、ジェドの話を聞いているとチェスターのご両親はとってもできた人たちだって分かるわ」

「ハンコック氏は代々続く貿易会社を拡大させて利益を大幅に増やした商才のある人だ。慈善活動にも力を入れていて、孤児院をいくつも経営している」

「お母さんは？」

「あまり知らないんだ。俺とチェスターは子供の頃から貿易の仕事を学ぶためにハンコック氏に連れられて船に乗っていた。だから年に一、二度会うか会わないかくらいの記憶しかない」

社交界や付き合いで女性と関わりたくないため、自ら船に乗る生活を望んだのだとチェスターは言っていた。船に乗れば気楽に帰宅することは難しいから、もしかしたら彼の母は寂しい思いをしていたのかもしれない。

せっかく格好良く生まれたのに女性が苦手とは不憫だ。もしチェスターが女嫌いでなかったら、今頃はモテモテの人生を歩んでいただろう。

美しい淑女たちに囲まれたチェスターを勝手に想像して勝手に傷つく。

単純な自分に呆れて肩を落としながら冷たい紅茶に口をつけると、チェスターが仕事から戻って来た。

彼はソファーに我が物顔で座るジェドを見つけて驚いた顔をした後に、少し不機嫌そうに眉を歪めた。

「邪魔をしている」

「それは構わないが、オレの居ない間に来るのなら、一言オレに断りを入れるのが筋じゃないか？」

「安心しろ。俺はガキに興味はない」

「お前がサラに手を出すとは思っていない。ただ単純に、オレがサラを他の男と二人きりにさせたくないだけだ」

チェスターはそう言いながらサラの隣に腰を下ろして、当たり前のように腰に腕を回してくる。

抱き寄せられたサラは冷ややかな目を向けてくるジェドから一生懸命視線を逸らした。

「それで？　ジェドと何の話をしてたんだ？」

「ただの世間話よ」

「本当に？」

「そういうやり取りは俺が帰ってからやってくれ。俺はチェスターに用事があって来ただけだ」

「明日では駄目だったのか？」

「お前が早く知りたがるだろうと思って、わざわざ足を運んでやったんだぞ」

ジェドがわざわざ屋敷まで足を運ぶ用事に心当たりがないチェスターは、不思議そうな顔をしている。

手元のカップをテーブルに戻したジェドは、背中をソファーに預けると、わずかにずり落ちた眼鏡を指先で上げた。

「アンジェリカからチェスターに会いたいと連絡が入った」

耳にした名前に思わず隣のチェスターを見る。チェスターはジェドの言葉に目を丸くすると、次の瞬間、嬉しそうに破顔した。

「アンジェリカが？　体調は良くなったんだろうか」

「主治医から外出の許可をもらって、この街の貴族主催のパーティーへ出席するそうだ。チェスターにエスコートして欲しいと伝言を受けている。もちろんお前が苦手とする女も多く集まる場所だ。どうする？」

「そう言われると気分が乗らなくなるが、アンジェリカの頼みなら断るわけにはいかないな」

「だろうな。そう言うと思って承諾の返事を送っておいた」

「彼女の到着はいつ頃になりそうなんだ？」

「二、三日後には着くはずだ。滞在中は貴族夫妻の屋敷に泊まるが、帰路は俺たちの船に乗せて欲しいそうだ」

「分かった。エスコートに失敗してアンジェリカに恥をかかせないように、今から体調管理に気をつけておく」

ワントーン上がったチェスターの声から喜びの感情を感じ取り、サラはジクリと胸を痛める。

女嫌いで女に触れると酷い吐き気に襲われるチェスターは、この港街に滞在している間はパーティーへの誘いはできる限り断っているようだった。

それなのにアンジェリカのためなら出席しても構わないらしい。

（そういえば、身構えておけばしばらくは耐えられるって言ってたもんね……）

苦しい思いをしてでもエスコートを成功させたいのは、それだけチェスターがアンジェリカのことを大切に想っているからだろう。

チェスターに好きな人が居ることも、サラの恋が叶わないことも分かりきっているはずなのに、心は何度も傷を受ける。

楽しそうな空気を壊したくなくて無理やり表情を取り繕いながら、抱きしめたままのクッションを静かにつねった。

チェスターと釣り合う家柄に生まれ、ジェドがお世辞ではなく美しいと表現する容姿。サラがどれだけ頑張っても手に入れられないものを彼女は全部持っていて、それだけでも羨ましくて仕方がないのに、彼女はサラが一番欲しいチェスターの心までしっかりと捕らえて離さない。

チェスターのためなら何でもしたいと思うのに、アンジェリカに触れて欲しくないと考えてしまう。

嫉妬に駆られそうになる自分の浅ましさに嫌気がさす。

(もしも私が何か一つでも……アンジェリカの欲しがる物を持っていたとしたら、こんなにも惨めさを噛み締めずに済んだのかしら)

良家の令嬢と、金で買われる娼婦。どちらがチェスターの隣に相応しいかなんて、比べなくても分かりきっていて、こっそりと自嘲した。

チェスターとずっと一緒に居たい。

けれどこの望みは絶対に叶うはずはなく、終わりはもうすぐそこまで迫ってきている。

(チェスターの女嫌いが一生治らなければいいなんて………そんなこと思っちゃいけないのに……自分が嫌いになりそうだわ)

サラはチェスターたちに知られないよう、そっとため息をついた。

＊　＊　＊

仕事の話をするため、チェスターはサラを部屋に残してジェドと執務室に向かった。

資料や海図が収められた執務室の中は、防音効果の高い分厚い一枚板の扉が閉まると、周りの雑音が完全にかき消される。

「お前はサラに肩入れし過ぎだ。自分の立場を冷静に考えろ」

ジェドから書類と共に告げられた言葉に、チェスターは渋い表情を浮かべた。

彼はつい先ほどのサラとのやり取りを見て、そう思ったのだろう。

「立場……か……」

まっすぐ過ぎる忠告に、チェスターは返事をすることなく静かに視線を床へと落とす。

ジェドの言いたいことはきちんと理解しているし、正しいとも分かっている。

(けど……なんだろうな。サラから目を離せない……もっとサラのことを知りたいんだ……)

歯切れの悪い態度のチェスターを見据えるジェドは、眼鏡の奥で難しい表情を浮かべていた。

4章

アンジェリカの来訪は、ジェドから知らせを聞いた二日後のことだった。

「今夜はアンジェリカを迎えに行くから帰宅が遅くなる」

仕事に出かけるチェスターが、見送るサラにそう告げた。

サラはぎくりとした内心を悟られないように笑みを浮かべる。

「……気をつけてね」

「寂しい思いをさせて申し訳ないが、オレに構わず先に寝ていてくれ」

チェスターによると、アンジェリカは馬車で陸路を移動しているので、港街への到着は日暮れ頃になるそうだ。それから再会を祝う夕食会を、パーティーの主催者である貴族夫婦を交えて行うらしい。

（遅くなるけど帰る意志があるようだから、チェスターはアンジェリカとまだ男女の関係にはならないはずよね）

そう考えて、また嫉妬してしまっている自分に気づく。

想い人との再会を前に楽しそうな雰囲気を滲ませているチェスターは、サラが醜いほどの嫉妬心を隠しているなんて思ってもいないだろう。

「そういえば、オレはサラにアンジェリカのことを話しただろうか？」

「ジェドから聞いたわ。チェスターの幼馴染の超絶美人令嬢でしょ？」

「ジェドは相変わらず説明がおおざっぱ過ぎる」

「そう？　分かりやすくて私は好きよ」

苦笑いをするチェスターに明るい対応をする。

（本当は、アンジェリカを迎えに行って欲しくない。私だけを見て欲しい。でも、その言葉を言う権利は私にはない）

仕事に出かけるチェスターを見送ると、いつも通りの一日が始まる。

簡単に家事を済ませ、お気に入りの窓辺の椅子でチェスターに借りた本を読んでいると、燦々《さんさん》と輝く太陽が真上に昇り、時間の経過と共に海へ沈んでいく。

いつの間にか今日も空に星が輝き始めていた。

朝に言っていた通り、チェスターの帰りは遅かった。

飾り棚の時計をぼんやりと眺めながら寂しい夕食を一人で食べ、静かな屋敷の中でベッドに潜り込む。けれど一向に眠気は訪れなくて、仕事をしない睡魔に文句を言いたくなった。

寝ている間は寂しい思いも悲しい気持ちもしなくて済むのに、どうして今日に限って眠くならないのだろう。

（先に寝ていていいって言われたのだから、待っている必要もないのに……）

それに、もしかしたらチェスターは今夜帰ってこない可能性だってある。

今までのサラとのやり取りの成果が知らぬ間に出ていて、チェスターの女嫌いが治っていたりしたら、アンジェリカとの再会に燃え上がり一線を越える、なんてこともあり得るだろう。

想像してしまった光景に胸が痛み、久々にタオルの人形を捜して腕に抱いた。

チェスターと一緒に寝るようになってからは人形から卒業できていたが、今は少しでも寂しさを紛らわせたいからタオルの人形に頼るしかない。

けれど、今夜はどうしても眠れなくて心が荒《すさ》んだ。

そして気がつけば、チェスターの寝室のベッドにたどり着いていた。

シーツに残るチェスターの匂いに苛々が少しずつ和らいでいく。

何となくここなら眠れそうな気がして、布団を捲りベッドの中に潜り込んだ。

タオルの人形を抱きしめながら小さく丸まると、チェスターに抱きしめられているような気持ちになり、段々と眠気が強くなる。

あと少しで寝られそうだ。

ウトウトと微睡《まどろ》んでいると、布団が捲られて顔に冷たい空気が触れる。

眠りの淵からわずかに浮上したサラは、小さなため息を耳で拾った。

「お前の部屋に居なかったから捜したんだぞ……」

安堵したように呟かれたチェスターの声に、自然と口元が綻ぶ。

ただ、眠気が強くてあまり目が開けられない。

「遅くなってすまなかったな」

「……チェス、タ…お帰り……」

「帰りに船でトラブルが起きて、予定よりも帰りが遅くなったんだ。寂しい思いをさせたな」

大きな手のひらで頭を撫でられてチェスターの存在を実感する。

戻ってきてくれた。そのことが嬉しくて、両腕を無意識にチェスターへ伸ばした。

チェスターは思いがけないサラの行動に少しだけ驚いた顔を見せた後に、嬉しそうに頬を緩めてサラの腕の中に身体を倒してくる。

シーツの残り香ではないチェスターの匂いに、安心感が湧き上がる。

サラの眠りに必要なのは暗闇でも人形でもなく、チェスターなのだ。

安心したように力を抜くサラの身体をチェスターの逞しい腕が抱き留め、力強く抱き寄せた。

低い声音で名前を呼ばれると、それだけで幸せな気持ちになって、サラはチェスターの腕の中で深い眠りに落ちていく。

「……今日、はっきりと分かった。サラ…オレは……」

夢と現実の境界線が曖昧な微睡の中でチェスターが優しく笑った気がした。

サラの髪を撫でた手が頭の後ろに回され、耳元で熱を含んだ言葉が紡がれる。

――サラのことを愛している――

夢の中で、チェスターがそう言った気がした。

涙が出るくらいに幸せな夢だ。こんな夢を見ていられるのなら、一生目覚めなくてもいいやと思ってしまうくらいだった。

＊　＊　＊

完全に眠りの世界に落ちたサラを抱きしめたチェスターは、瞳に静かな決意の炎を滾《みなぎ》らせる。

怖いほどの真剣なその表情は、サラのよく知る意地悪な顔ではなく、大きな責任を背負う貿易会社の跡取りとして相応しい迫力を秘めていた。

港街はもうすぐ雨季が訪れる。

農作物にとっては嬉しい雨だが海に嵐を呼ぶため、船乗りたちは本格的な雨季の前に船を出港させることが多い。

このままでは、近々サラと別れることになる。

彼は、サラはもちろんジェドにすら何も告げぬまま、イヴァンの経営する売春宿の扉を叩いた。

相変わらず胡散臭い風貌のイヴァンは、突然現れたチェスターにいぶかしむ様子を見せたあと、机に積まれた大金を見て呆れたような表情を浮かべた。

「そんなにサラが気に入りましたかい？」

「余計な詮索はしなくて良い」

「この商売を長いことやってますがね、娼婦をこんな大金で買い取りたいと乗り込んで来た客は初めてですわ」

「無駄話をする前に、書類にサインをしろ」

差し出された羊皮紙《ようひし》を受け取ったイヴァンは、チェスターが用意した書面に目を通してやれやれといった様子で机の端に追いやられたインク壷に手を伸ばす。

ピリリとした緊張感の中でも、イヴァンは飄々とした態度を崩さなかった。

「サラは商品ですからね、売れるのに越したことはありませんが、サラをオレ好みに仕込めなかったことに未練が残っているんですよ」

「………」

「どうですかい？　サラの具合は。若旦那がこんな大金を支払うってことは……想像するとたまりませんね。よろしければ一度オレにも貸してもらえませんか？　もちろん金は支払いますよ」

イヴァンの下世話な話にチェスターは眉間に皺を寄せる。

宝石のような瞳は冷たく刺すようにイヴァンを射貫き、怒気が部屋の中の空気を重くした。

チェスターは高圧的にイヴァンを見下ろすと、限界まで声を低めて吐き捨てるように言う。

「サラにオレ以外の男が触れることは許さない。お前の未練は一生果たされないから諦めろ」

怒気を隠しもしないチェスターの姿にイヴァンは口元に浮かべていた笑みを消し、ペンの持ち手で頭を掻いた。

「そう怒らないでください若旦那。はい書けましたよ。これでサラは若旦那のものになりましたので、煮るなり焼くなりお好きにしてください」

「サラの借用書は？」

「おっと忘れておりました。この書類でございます」

机の中から借用書を取り出したイヴァンは、ニコリともしないチェスターに気分を害した様子もなくあっさりとそれを手渡した。受け取ったチェスターは内容を一瞥するとイヴァンの目の前で勢いよく引き裂いていく。

景気よく千切られた借用書は灰皿の上に積まれ、紙マッチで火をつけられて燃やされる。

紙が焼けていく様子を無表情で見下ろしたチェスターは、半分以上が燃えたことを確認すると、もう用は済んだとばかりにイヴァンに背を向け扉に向かって歩き出す。

「一つだけいいですかい、若旦那」

呼び止められたチェスターは、顔だけで振り返った。

イヴァンは使い終わったペンを机に転がすと、睨む彼に手のひらを向けて緊張感なくひらりと振る。

「そう嫌わないでくださいよ。オレはただ、サラに飽きたらいつでも売りに来てくださいと言いたいだけです。若旦那が払ったのと同等の金額は無理ですが、それなりに弾みますよ」

「お前と二度と関わるつもりはない。もし変な気を起こしてサラに近づいたら容赦しないから、重々覚悟しておけ」

強い口調でそう断言したチェスターに、イヴァンは面白くなさそうな表情を浮かべ、ひょいと肩を竦めた。

人を不快にさせる仕草はわざとなのだろう。チェスターはイヴァンの仕掛けた挑発に乗ることはなく、止めていた足を迷いなく踏み出した。

＊　＊　＊

アンジェリカが港街に到着した数日後、港街に久々の雨が降った。

しとしとと降り注ぐ滴が窓を濡らす。サラは出窓の枠に腕を乗せて、ぼんやりと空を見上げた。

頭上に広がる空には黒い雲が立ち込めていて、何となく気分がどんよりしてしまう。

（……チェスターは今頃何をしてるんだろう？）

仕事に出かけているのだから仕事をしているはずだ。けれど、アンジェリカのところに顔を出しているのかもしれないという疑念が湧いてしまう。

チェスターはアンジェリカを好いている。アンジェリカもまた、チェスターをパーティーのエスコート役にわざわざ指名したということは、気持ちがないわけではないだろう。

つまり二人は両想いで、サラの入る隙は最初からない。

心のモヤモヤは、まるで雨雲の立ち込める暗い空のようだ。

（もうすぐジェドに提示された期間も終わる……）

チェスターのことが好きだから、せめてチェスターがアンジェリカを抱く前に自分を抱いて欲しい。

サラが唯一アンジェリカに勝れることがあるとしたら、チェスターの初めてを奪うことだけだろうから、余計に意固地になってしまっているのかもしれない。

大きく肩を落として、窓際に置かれたロッキングチェアに腰を下ろす。それから、栞を挟んだ読みかけの本を手に取った。

（チェスターが望んでいる言葉……全然分からないな）

活字を流し読みしながら、彼からの問題の答えを探すが、当然本の内容に集中できない。開いたばかりの本をすぐに閉じてしまう。

周りに誰も居ないのをよいことに大きなあくびをしていると、玄関の方から音が聞こえてきてチェスターの帰宅を知る。

走って迎えに行きたい気持ちをグッと堪えて、ゆっくりと歩いて玄関ホールに向かう。けれどそこにはずぶ濡れのチェスターとジェドがいて、サラは慌ててタオルを取りに戻った。

急に雨足が強くなり、雨具がまったく役に立たなかったらしい。

「大丈夫？」

「酷い目にあった」

チェスターは顰め面でそう言いながら、顔と髪を拭いたタオルを首に引っかけると、廊下の端に突っ立っていたサラに近づきチュッとキスを落とした。

雨に濡れた唇の冷たさに、チェスターの感触をいつもより実感して頬を染めたサラだったが、ふとチェスターの肩越しに仏頂面のジェドと目が合って、大げさに飛び退く。

（ジェ、ジェドの存在を忘れてたわっ！）

ジェドはサラから受け取ったタオルで髪をゴシッと拭うと、おでこにこげ茶色の髪を張り付けたまま冷静な口調でチェスターに早く浴室に行くよう告げた。

「オレは後でも大丈夫だから、先にジェドが使うといい」

「お前に風邪をひかれて害を被るのは俺だ。それにこの雨のせいで予定よりも帰宅時間が遅れている。パーティーの時間にエスコート役のお前が遅れて恥をかくのはアンジェリカだということを忘れるな」

「そう言われる予感はしてた。サラ、済まないがジェドの身体が冷えないように温かい紅茶を淹れてくれないか？」

「わ、分かったわ。チェスターも飲む？」

「飲みたいのは山々なんだが時間がないんだ。だから紅茶の代わりにもう一回キスが欲しい」

「チェ、チェスター！」

「冗談だ」

　上機嫌で浴室へと向かうチェスターの背中をキッと睨むが、まったく態度を改める気配がなくて、サラは唇を尖らせる。

　チェスターのことは好きだけれど、からかわれるのは少し苦手だ。

　唇に残るキスの感触を確かめるようにサラは指の腹でやんわりと下唇を撫でた。

「随分打ち解けたんだな」

　背後から嫌みの籠もった言葉をかけられてビクリと肩が跳ね上がる。

　恐る恐る振り返ると、ジェドは、額に張り付いた前髪を指で横に撫でつけながら、その冷静な目をサラへと静かに向けた。

「その様子だとまだ抱かれていないようだが、いつになったら仕事を終わらせるんだ？」

「私なりに頑張ってはいるの。でも、チェスターが抱いてくれなくて……」

「アイツも何を考えているんだろうな。最近のチェスターの行動は理解できない」

「チェスターは……その、初めては好きな人としたいって考えているのかもしれないわ。だから私を抱きたくないいんじゃ……」

「もしそれが真実なら笑い話だな」

「そんなことないわ！　初めてを好きな人に捧げたいって気持ちは女だけじゃなく男にもあると思う。ジェドは違うの？」

「社交界の男女に倫理観を求めても無駄だ。優雅そうなのは見かけだけで、実際はお前が想像できないくらいにドロドロしている」

「そ、そうなの？」

「男なんて知らないという顔の淑やかな令嬢ほど、実は多くの男を咥え込んでいるものだ。清楚な見た目が男に好まれることを知っているからな」

「煌びやかな社交界のイメージが崩れそう……」

一夜の関係だけを求めるパーティーもあるようで、そういう場を選べば相手には不自由しないらしい。

チェスターは女嫌いの体質のせいで社交界からは遠ざかっているけれど、ジェドは出席できないチェスターの代理として出席することも多いらしいから、それなりに経験を積んでいてもおかしくはない。

物語にあるように、お姫様は大好きな王子様のもとに嫁げるわけではない。顔さえも知らない相手に嫁ぐお姫様は、その時に初めて自分の身の上を嘆くのだろうか。それとも、素直に受け入れるのか。

そんなことを思いながら、サラはお茶の準備をするために、お湯の沸いたケトルの持ち手に布巾を載せて火から下ろす。

今日の紅茶は身体が温まるようにすり下ろした生姜《しょうが》を混ぜてみた。これは田舎のおばあちゃんが教えてくれた知恵だ。舌にわずかに感じる辛みが身体を芯から温めてくれる。

キッチンから戻ると、ソファーを濡らさないためなのか、ジェドは立ったままだった。カップを差し出すと、紅茶の湯気のせいでジェドの眼鏡が白く曇る。

笑ったら睨まれるから我慢だ。

「今夜のパーティーは、ジェドも行くの？」

「特に決めてはいない」

「もし私が行きたいって言い出したらどうする？」

「鼻で笑うだろうな」

「やっぱりそうなるわよね……」

「ただ、何故そんなことを思うようになったかには興味がある。身の程知らずな発想の理由を教えろ」

「身の程知らずなのは分かってるけど……」

自分用の紅茶に角砂糖を落としてスプーンでかき混ぜると、白い塊りは少しずつ溶けて、最終的には何も残らずに消えていく。

目を伏せていてもジェドに見られていることが分かって、緊張した手つきでスプーンをソーサーに置き、一呼吸置いてから顔を上げた。

「ジェドには見抜かれてるけど、私はその……チェスターのことを好きになってしまっていて、駄目だと言い聞かせても好きな気持ちをなかったことにするのは難しくて……」

「だからパーティーに乗り込んでチェスターと自分は身体の関係があるとでも叫ぶつもりか？」

「そんなことしないわ！　チェスターのことが好きだから迷惑になるようなことはしたくない──」

「なら何故行きたいんだ？」

彼の視線を正面から受け止めるには少し辛くて、紅茶のカップを持ったまま目線をテーブルへと逸らす。

本当に、チェスターの迷惑になるようなことなどするつもりはない。ただ、チェスターのことをきちんと諦められるように、自分とは違う世界に立っている姿を見たいだけ。

煌びやかな場所で、彼にお似合いのアンジェリカと並ぶ姿を目にしたら、自分を戒められると思ったのだ。

「娼婦を貴族の屋敷に入れるわけにはいかない」

ジェドはサラの正直な気持ちに少しだけ悩む素振りを見せると、静かな声でそう告げた。

「やっぱりそうよね……」

「だが、入口付近からでいいなら、チェスターがアンジェリカをエスコートして屋敷へ入る場面は見せられるだろう。それで構わないのなら時間をつくる」

「本当？」

「どうしてそんなに驚いた顔をするんだ」

「だってジェドが私のお願いを聞いてくれるなんて思ってもいなかったから」

「立場の違いを明確にしておきたいという意見に賛同しただけだ。チェスターが出かけた後に出るから、目立たない服装に着替えろ」

「ありがとうジェド」

お礼を伝えるためにジェドに頭を下げると、そのタイミングでチェスターが浴室から戻って来た。

身体が温まったためか、チェスターの頬は色っぽく上気していて、心臓がズキリと疼く。

「待たせたなジェド。風邪はひいてないか？」

「すぐにひくほどやわじゃない。もうすぐ迎えの馬車が来るから早く着替えろ」

「正直言って、この酷い雨の中で正装はキツイ」

「キツかろうが関係ない。自分がハンコックの名を背負っていることを忘れるな」

ジェドに急き立てられるように自室へと向かったチェスターは、ジェドが浴場に向かった後で、どこに出ても恥ずかしくない立派な紳士の装いをして戻って来た。

何度見ても見慣れない格好良さに目が泳いでしまう。

チェスターはまだ乾ききっていない前髪を手のひらで掻き上げて後ろに撫でつけると、サラを呼び寄せる。

「ジェドは？」

「お風呂へ行ったわ」

「申し訳ないが、今日は帰りが遅くなるから先に休んでいて欲しい。オレの部屋の鍵は開けてあるから、この前みたいに使ってくれて構わない」

「あのときのことは忘れて」

「どうしようかな」

「そういう意地悪なところは改めないと、好きな人に嫌われちゃうから気をつけた方がいいわよ」

楽しそうに笑うチェスターを睨む。

サラの大人げない反応がチェスターを楽しませているのだと分かってはいるけれど、つい反抗してしまう。

不機嫌さの中にドキドキする気持ちを隠して、平然とした態度をつくるが、チェスターの様子に少しだけ違和感を覚えて、彼の頬に手の甲をくっつける。

「サラ？」

「……チェスターもしかして熱がある？」

「風呂に入ったから一時的に体温が高くなっているのかもしれない。心配してくれてありがとう」

頬に添えられたサラの手に自分の手を重ねたチェスターは、まるでお姫様を相手にしているかのように恭しく指先に唇を落とすから、サラの方が顔が赤くなってしまう。

慌てて手を引っ込めてキスされた手を背中に隠す。

文句を言いたくて口を開こうとしたところで、お風呂から上がったジェドがチェスターの迎えが来たことを告げた。

「ジェドの着替えはどうする？　一度船に寄る時間くらいは取れそうだが、オレの服を貸そうか？」

「どちらも必要ない。お前が出席するなら俺まで行く必要はないだろう」

「オレだけ行かせるつもりか？」

「ガキみたいなことを言ってないで早く行け。お前がずっと夢見てたアンジェリカのエスコートだ。失敗するなよ」

ジェドの言葉にズキリと胸が痛む。

病弱なアンジェリカは社交界に出席する回数も制限されているだろうし、チェスターも長い船上生活や女嫌いの体質のせいでジェドが代理参加をしてばかりだったから、アンジェリカをエスコートする機会が今回初めて巡って来たのに違いない。

「それをここで言うな」

チェスターはそう言って顔を歪めた。茶化されたくなくて怒っているのだろう。サラは、俯きたくなるのを我慢して愛想笑いを浮かべた。

「楽しんできてね」

手を振るサラにチェスターは柔らかく微笑むと、玄関の前に到着した馬車へ乗り込んだ。水たまりをはね飛ばしながら、馬車は夜道を進み、まだ完全にやんでいない雨の向こう側へと消えていってしまう。

「……チェスターはアンジェリカをエスコートすることが夢だったの？」

「子供の頃からそう聞いていた」

「そっか……」

「早く着替えろ。あんまり遅くなると俺たちが到着する前にチェスターたちが屋敷の中に入ってしまう」

ジェドに急かされて、暗めの服に着替えて玄関へと戻ると、ジェドが立派な馬の手綱を持って待っていた。

チェスターを追いかけることは予定外だったため、馬車の手配を一台しかしていなかったらしい。この雨のせいで他の馬車を捕まえることも難しく、それならいっそ馬で乗りつけるのがいいと思ったらしい。

牧場のポニーに乗ったことはあるけれど、こんなに大きな馬に乗るのは初めてだ。

ジェドに手を借りて馬の背中を跨ぐと、大きくため息をつかれ「足を揃えろ」と叱られる。

横座りは安定しなくて心許ないと思っていたら、後ろに乗ったジェドの腕がお腹に回されてしっかりと支えてくれた。こういうところはさすが紳士だと思う。

「ジェドはチェスターと幼馴染だったのよね？　アンジェリカを取り合って喧嘩をしたことはなかったの？」

「一度もない」

「本当に？　でもジェドはアンジェリカのことを絶世の美女だって言ってたわよね？　それなのに好きにならなかったの？　それともチェスターに遠慮したの？」

「絶世の美女だとは言っていない。それにアンジェリカに対する評価は主観ではなく周囲の客観的な印象から述べただけだ」

「えっと、つまり？」

「俺個人は、アンジェリカのことを信用していない」

「どうして？」

「同族嫌悪だろうな」

馬に揺られながら、目的の屋敷の入口近くにたどり着くと、ジェドは見張りの一人に金を握らせて門の脇の守衛室に入り込む。

出入りする人間をチェックするためにつくられたこの場所なら、備え付けられた小窓から屋敷に来た人の顔をしっかりと把握することができるようだ。

ただ、こちら側から見えるということは相手からも見えてしまうわけで、見つからないように隠れながら覗かなければならない。

着飾った紳士淑女が、煌びやかな笑みを浮かべながら屋敷の中に次から次へと吸い込まれていく。

チェスターとアンジェリカがまだ来ていないことは金を握らせた見張りに確認しているから、あとはひたすら待つばかりである。

「……さっきの続きを聞いていい？」

監視窓に張り付きながら、先ほど馬上で話した会話の続きをジェドに促す。どうしてアンジェリカのことを信用していないのか気になっていたのだ。

チェスターとジェドが幼馴染なら、アンジェリカとも子供の頃から付き合いがあると考えて良いはずだ。

ジェドは外すタイミングを失った眼鏡を指先で押し上げながら、胸の内を静かに話し始めた。

「アンジェリカは底が見えない」

「底？　底ってどういうこと？」

「前に話したと思うが、俺は両親の死後、親戚共から酷い扱いを受けた。そのせいで他人の企てや策略の気配に対して敏感になった」

「もしかしてアンジェリカが何か悪いことを企んでいるの？」

「いや、そうじゃない。企みの気配は感じられないが、妙な違和感が消えないだけだ」

嘘が上手な人は他人に嘘をついていると悟らせない能力を持っている。

同じように人を騙すことに慣れた人間は、他人を騙す時の悪い気配を巧妙に消すことができる。

そして自分の腹黒さを隠すことに長けているジェドは、自分と同じ空気をアンジェリカから感じる瞬間があるのだそうだ。

それは見逃してしまってもおかしくはない小さな変化だからこそ、確信が持てずにいるらしい。

「だから俺はアンジェリカを信用していない。……が、チェスターの結婚相手としては反対しない」

「信用していないのに、どうして？」

「条件だけで考えたら、アンジェリカが最も適役だからだ」

ニコリともせずジェドはそう言った。理由はハンコックと並ぶ歴史ある旧家の生まれだからだそうだ。チェスターに引けをとらない美しさももちろん理由の一つだろう。

チェスターは跡継ぎだから、結婚したあかつきには妻を伴い公の場に出席する機会が増える。その時に隣に並んでいるのがアンジェリカなら会場を華やかにしてくれるはずだ。

他にも、チェスターがアンジェリカの療養のために莫大な援助を続けているというのは貴族たちの間では有名だそうで、その二人が長年の恋を実らせて結ばれれば美談として話題になることは間違いない。

たとえアンジェリカが何か良からぬことを企んでいようが、莫大な富と権力を持つハンコック家が、彼女一人のことで破滅するなどあり得ないとジェドは踏んでいる。だからこそ、ジェドはチェスターのアンジェリカへの想いを止めなかったのだろう。

ジェドの話だけを聞くとアンジェリカに良い印象を抱けなくなってしまいそうだ。

けれど、チェスターが好きになるくらいの人だから、ジェドの覚えた違和感が間違いという可能性もある。

どちらが真実なのかは判断ができないが、ジェドの言う通り悪い女でいてくれたらと思ってしまう自分がいて、嫌になって静かに睫毛を伏せた。

「顔を上げろ。チェスターたちが来たようだ」

「っ！」

軽く肩を叩かれ顔を跳ね上げる。

門へと視線を向けると、横に付けられた馬車からチェスターが優雅な足取りで降りてきて、馬車の中へと手を伸ばす。

アンジェリカはどんな人なのだろう。

食い入るように見つめていたサラは、馬車から現れた可憐な女性の姿に文字通り息を呑んだ。

人生で出会った中で最も美人だと思っていたのは売春宿で出会ったローズマリーだ。彼女は凍てつく氷のような美しさがあったが、アンジェリカはローズマリーとは対極の空気を纏っている。思わず手を差し伸べたい衝動に駆られるような愛らしさを備えていた。丹念に磨かれた白い肌、チェスターよりも茶色が強めの金髪も艶やかで、微笑みまで可憐だ。

もしかしたら彼女は人間界に迷い込んだ妖精なのかもしれない。

そう思ってしまうほど、彼女は美しかった。

そして、誰よりもチェスターの隣に立つのに相応しい人だとも思った。

（……好きにならない方がおかしいわよね……）

小柄で華奢なアンジェリカはチェスターのエスコートに嬉しそうにはにかんでいて、近くにいる紳士たちの視線を釘付けにしている。

女の自分でも見惚れてしまうくらいなのだから、あの場に居る淑女たちはパートナーがアンジェリカに向ける熱視線に気が気ではないだろう。

もしかしたら、チェスターは自分のことを好いてくれているのではないかと思ったことがあった。けれど、アンジェリカを目にして、自分の勘違いがいかにおこがましかったかを痛感した。

あんなに素敵な人を幼い頃から慕っていたら、間違ってもサラに気を移すなどあり得ないと言い切れる。

完全なる敗北にサラは何故だか笑ってしまった。

周囲からの羨望の眼差しを集めながら、屋敷へと向かうチェスターたちの背中を見送り、掠れた声でジェドにお礼を言う。

「気は済んだか？」

「うん。想像以上に」

「慰めるのが面倒だから泣くなよ」

「大丈夫よ。あの光景を見たらお似合い過ぎて、泣くのを通り越して応援したくなるもの」

来た時と同様に馬の背に乗り、帰路を急ぐ。

もうすっかり雨は上がり、夜空には雲の隙間から薄らと月が顔を出していた。

暗い海の波に月の光が反射しているからなのか、夜道はさほど暗くない。

玄関前に到着して改めてジェドに頭を下げると、彼はじっとこちらを見つめてきた。

「チェスターの隣に似合うのはアンジェリカのような華やかな女性だが、チェスターが誰よりも気を許しているのはお前だろうな」

そう言われて目を丸くする。

「どうしたのジェド。ジェドが気休めを言うなんて似合わないわよ」

「ただの感想だ。お前と関わるようになってからチェスターは変わった」

「それは良い意味で？　悪い意味で？」

「どっちもだ。今夜のことはチェスターに話すなよ」

曖昧《あいまい》な表現で濁された会話は、チェスターへの口止めの言葉で締めくくられた。

サラが深く頷いたのを確認したジェドは、馬に乗って住まいにしている港へと向かっていく。

慣れない馬に乗った疲れと、秘密の外出による緊張を解いたサラは、身体の筋肉の凝りをほぐすために大きく背伸びをする。

今夜はチェスターの帰りが遅くなるから、待ちながら彼に出された質問の答えを考えることにした。

先に寝ていてもいいと言われたが、チェスターに抱かれて眠ることが当たり前になってしまったせいで、一人で眠れる自信がない。

（あぁ……どうしよう。これじゃあチェスターと別れた後で酷い寝不足になってしまう）

憂うつな気持ちにため息を零しながら、冷えた身体のために温かい紅茶を淹れる。眠りを誘うために多めに砂糖を混ぜてみたが、やはり睡魔が訪れる気配はなかった。

（チェスターは帰って来るのかな？）

今度こそ朝帰りという可能性もある。アンジェリカと肌を重ねるチェスターを何度も想像し、そのたびに胸が苦しくなった。

この嫉妬心を消し去るためにジェドに頼んで二人の姿を見に行ったのに、諦めがついたはずの恋心は、時間の経過と共に未練が復活してしまう。

何となく、虫に刺された時に似ていると思う。何かに気を取られていると痒くないのに思い出すと強烈に痒くなるのだ。

「はぁ……」

人を待っている時に限って時計の針はなかなか進まない。

悶々とした気持ちを持て余しながら部屋のベッドの上で時間を潰していると、外から馬車の音が近づいてくるのに気づいて思わず時計を見上げた。

まだパーティーが終わるような時間ではない。何かあったのだろうか。

チェスターの所有する屋敷周りは治安が良いため事件は滅多に起こらないと聞いているが、絶対に起きないとは言い切れない。

警戒しながら玄関に向かうと、チェスターに肩を貸したジェドがちょうど扉を開けたところに出くわした。

「ジェド、チェスター？　どうしたの？　チェスターの顔色が……」

「出がけにお前がチェスターに熱があるのかと聞いていたのを思い出して様子を見に戻ったんだ。そしたら案の定これだ」

「体調が悪かったから症状が酷く出ちゃったのね。とにかく早く寝室に」

ジェドをチェスターの寝室に案内し、ドアを開けて中へ促すと、ジェドに肩を借りていたチェスターがゴロッとベッドに転がり落ちた。

ジェドはチェスターのこの姿に慣れているらしく、落ち着いた様子で皺の寄った上着を羽織り直した。

「寝かせておけば直る。俺はチェスターの代役として屋敷に戻らなければならない。後のことは任せた」

そう告げたジェドは、足早にパーティーへ戻っていってしまう。

（本当に大丈夫なのかな？）

ジェドは寝かせておけば良いと言っていたが、これだけ顔色が悪いと他の病気なのではと心配になってしまう。

チェスターの頬を流れるのは涙ではなくて冷や汗だろう。

荒く浅い呼吸を繰り返すチェスターは、何かに怯えているようにも見えて居た堪れなくなる。

（私に何かできることはないかな……）

床に落ちていた上着を拾って椅子の背凭れにかけ、呼吸がしやすいように首元のボタンを二つほど外す。それから固く握り締められた拳に手を重ねてみると、小さく唸ったチェスターが薄らと目を開けて虚ろな瞳をサラへと向けた。

「……サラ……」

「気がついた？　大丈夫？」

「……ここは……」

「チェスターの部屋よ。ジェドが連れて来てくれたの。覚えてない？」

「ジェドに声をかけられたことは覚えてる」

「そこまで覚えているなら大丈夫ね。水を飲む？　持って来るわよ」

「いや……」

重ねた手のひらがゆっくりと握り返される。

指先の感覚が鈍くなっているのか、力があまり入っていない。それでもチェスターは重たい身体を無理やり動かすようにサラの手を引き寄せると、冷や汗が引ききっていない頬に当てた。

「冷たいわ」

「心配かけたな」

「まったくよ。すごく心配して死ぬかと思ったわ」

「泣きそうな顔だ」

「チェスターのせいよ。分かってる？」

「……すまない」

「申し訳なく思ってるのなら早く元気になってね。それとジェドにもちゃんとお礼を言わないと駄目よ」

サラのつれない態度はただの強がりだということは表情からバレてしまっているだろう。

それでも素直になれないのは、目の奥に焼き付いたアンジェリカとチェスターの睦まじい姿のせいだ。

胸の奥に棲みつくモヤモヤの虫の退治の仕方を知っている人がいたら、その方法を是非とも教えて欲しかった。

「まだ顔色が悪いからもう寝た方がいいわ。寂しかったらチェスターが寝るまで傍に居てあげる」

「そうだな……できたら両手を貸してくれないか？」

「両手？　どうするの？」

「不思議な話だが、サラに触れていると気持ちの悪さが引いていくんだ。どうしてだろうな」

「そんなの私が知るわけないでしょう」

チェスターの頬にゆっくり手を当てると、気持ち良さそうに緑色の瞳が細められる。

本当にこんなことで体調が治るのならいくらでも手伝うのに。

サラと顔を見合わせて口元を弛めたチェスターは、両腕を広げると「おいで」と低い声で囁いた。

甘い誘いの声に、サラは自然とベッドの上に身体を倒していく。

チェスターはサラの身体に腕を回してしっかりと自分へ引き寄せ、安心したように身体の力を抜き、優しいキスをする。

重ねるだけのキスだ。

視線を合わせて笑い合うと、背中に回されていた手が動く。頬を包み込むように撫でられ、耳下を掠めながら後頭部へと回された。

「ん、チェスター。休まないと駄目よ」

「もう少し」

唇を唇で挟むように啄まれる。

少しのキスでは済まされそうにない気配を感じ取ったが、求められることが嬉しくて強く制止することができず、深くなるキスを受け入れてしまった。

浅く入り込んだ舌が侵入の許可を求めるようにサラの舌先を突くから、迷いながらも口を開けていく。

深く差し込まれ、奥に引っ込んだ舌を探し出して絡めとられる。

ぬるりとした感触に背筋が震えた。

(やっぱりキスは好き。……少し違うかな、チェスターとするキスだから好きなんだわ)

彼の指先が項を掠めるように動かされ、身体の奥の熱が煽られていく。

身体の向きを変えてより密着する体勢になると、太ももに硬くなったチェスターのモノが当たって頬が染まった。

チェスターはそんなサラの反応に気づいたようだ。意味深な笑みが深まり脚の間に逞しい太ももがねじ込まれる。

「……っ、ダメだってチェスター。調子が悪いんでしょ？」

「サラに触れたら身体が軽くなったんだ。だからもっと触れたい。もっとだ。抱きしめるだけじゃ全然足りない」

ドレスを留めるリボンの結び目が器用に解かれ、服の下に隠されていた肌に手のひらが滑った。

襟回りも露にされて肩筋にやんわりと噛みつかれると、熱の籠もった吐息が漏れてしまう。

触れたら気持ち悪さが治るだなんて都合が良過ぎるが、実際、目の前のチェスターの様子はさっきまでの白い顔とは別人のように頬に赤みが差していて、あながち嘘でもないのだと分かる。

チェスターの女嫌いがいつの間にか治っていて、アンジェリカと一夜を過ごす最悪な展開を想像していた身としては、チェスターが今こうして傍にいてくれることだけでも幸せに思う。

しかし同時に、心に過《よぎ》る黒い感情も膨れ上がってきて、どうしても表情が暗くなってしまう。

「サラ？」

サラのよそよそしい態度を見たチェスターは不思議そうに首を傾げる。

（私、さっきからずっと喜んでた。チェスターがアンジェリカのところじゃなくて私のと

ころに戻って来てくれたって）

心の底からチェスターの幸せを願えない自分に、サラは静かに唇を噛んだ。

「……嫌だったか？」

チェスターの声が掠れた。

サラのことを心配してくれるチェスターの優しさが今は辛い。

チェスターは腕に抱いたサラの髪を撫でると、俯きそうになるサラの顎に指をかけ、視線を合わせた。

「涙の理由を教えてくれないか。オレはサラの涙が苦手だ。サラにはいつも笑っていて欲しいから、悩みがあるのなら打ち明けて欲しい」

サラは涙を流してなどいない。けれどチェスターの目には、サラが泣いているように見えているのだ。

「……話したら、チェスターを困らせるから言えないわ」

「それは聞いてみないと分からないだろう。きっと大丈夫だから教えてくれ。サラの思っていることは何でも知りたい」

あやすように背中をポンポンと撫でられて、背けていた瞳をチェスターへと向ける。

不安の滲んだサラの眼差しは穏やかな笑顔に受け止められ、またじくりと胸に痛みを感じた。

手をぎゅっと握り締め、迷うように言葉を探す。本音を漏らさないようにと注意しながら選んだのは、「優しくしないで欲しい」という、遠回しに彼と距離をとるための言葉だった。

「それは難しい頼みだな」

「どうしても優しくされたくないの。私は娼婦だから、娼婦として扱って」

「オレはサラのことを娼婦だと思ったことは一度もない。それはこれからもだ」

「チェスターのそういう気遣いは嬉しいわ。おかげで沢山の楽しい思い出がつくれた。けど、女としてはすごく辛いから嫌なの」

「どういう意味で辛いんだ？」

「それは……」

「それは？」

言った言葉をくり返される。

雰囲気はやんわりとしているのに、ごまかしを許してもらえそうにない。

子供の頃から大海原に飛び出し、ミスの許されない大きな商談をこなしてきたチェスターには、サラから本音を引き出すことなど容易かったのかもしれない。

サラは隠しておかなければならない気持ちを少しずつ暴かれていく。

「優しくされると勘違いしちゃいそうになる時があるの。どれだけ自分に言い聞かせても止められなくなりそうで怖い。だから間違いが起きないように娼婦としてチェスターに接したい」

「それでも娼婦として扱いたくないと言ったら？」

「チェスターの優しさは私にとっては猛毒と同じよ。同じ屋根の下で一緒に暮らして、抱きしめてもらいながら眠りに落ちて……こんなの、勘違いしない方がおかしいわよ」

「何を勘違いしそうなんだ？」

「……それは……」

言葉に詰まる。

気持ちを言葉で相手に伝えるのはとても難しい。言わなければならない言葉が本音と別ならなおさらだ。

チェスターは穏やかな口調で、サラを急かさないようにゆっくりと喋り出す。

「オレの推測が正しいのなら、サラはオレに特別な感情を持っているという答えにたどり着く。当たっただろうか？」

「………………」

「どうして悲しい顔をする。もしサラがオレに特別な感情を抱いてくれているのなら、こんなに嬉しいことはない。だから泣く必要なんてないんだ」

掠れた声でそう言ったチェスターは、静かにサラにキスをした。

お互いの唇の熱を感じ合うだけの可愛らしいキスなのに、何故かとても心が騒いで、じわりと涙が溢れた。

小さな嗚咽が零れる。

「嬉しいなんて……そんな風に簡単に言わないで。私の気持ちはチェスターが思っているような可愛らしいものじゃない。もっとドロドロしてて陰湿で……チェスターが一生私以外の女に触れなければ良いなんて、そういうことまで考えてる最低な人間なの」

「サラが最低な人間なら、サラ以外の女に一生触れられなくても構わないと思っているオレはどうなるんだろうな」

「下手な慰めはいらないわ。優しさが怖いって言ってるのに、どうして分かってくれないの？」

「慰めではなく本気で言っている。優しくしたいのは相手がサラだからだ。他の誰でもないサラが相手だからつい甘やかしたくなってしまう」

「甘やかして欲しくないの！　私は嫌！　チェスターのことが大好きだから自分の醜い部分を見せたくない！」

「サラ……」

頬を伝った涙がぽたりと落ちた。

チェスターに指で拭われても、止まることなく溢れてしまう。

「チェスターが出かけるたびに帰りを待ち侘びる寂しさや、アンジェリカのもとに行っちゃうチェスターを見送らないといけない辛さを分かってよ！　泣きたくなるくらいに苦しいのに、笑顔をつくらなくちゃいけないのは本当に苦しいの！」

「……」

「……心が壊れそうで耐えられなくなるから、これ以上好きになりたくないの。だからもう優しくしないで」

言ってはいけないことを全部暴露してしまった。

自分のような娼婦に好意を持たれてもチェスターは困るだけだろう。厄介を避けるために今この瞬間に契約を打ち切られてしまう可能性もゼロではない。

ヒックとしゃくりあげる。

チェスターの胸板に顔を押し付けて泣くサラを、チェスターは強い力で抱きしめて押し倒した。

体の位置が入れ替わり、チェスターの重みが体にかかる。

ランプの灯りに照らされた金色の髪が怪しげに赤み掛かって見えるせいか、チェスターから漂う雰囲気が、いつもより色っぽくて困ってしまう。

勢いを削がれてしまい言葉を呑み込むと、隅に追いやられた掛布がパサリとベッドから静かに落ちていった。

肘で身体を支えたチェスターは、片手でサラの頬を包み込むように撫でると、子供のような無邪気な笑みを浮かべる。

「ずっとその言葉を待っていたんだ」

熱っぽいその声に、心の底からの喜びが滲み出ているのが手に取るように分かった。

その好意的な様子にサラは戸惑い、涙で濡れた瞳をチェスターへと向ける。

チェスターはサラをまっすぐに見つめると、形の良い唇から言葉を紡いだ。

「オレは、サラを愛している」

衝撃の告白に対するサラの最初の反応は、驚きだった。

しかし徐々に意味を理解し始めると、今度は戸惑いに目を白黒させる。

言葉を失い、口をパクパクさせるサラを見下ろしたチェスターは、手のひらでサラの前髪を掻き上げ、露になった額に優しいキスを落とした。

「チェ、チェスターあの、い、今の……は……」

「この気持ちは『好き』では軽過ぎる。愛してるサラ」

「あ、の、じょ、冗談……よね……？」

「オレの真剣な想いを冗談にするなんて酷いな」

「でも……い、今までそんな雰囲気なかったし、急に言われても冗談に聞こえちゃうのは仕方がないと思う」

「あからさまに態度に出していたつもりだったが。気がつかなかったか？」

「……それは……」

確かに、好意を持ってくれているんじゃないかと思う瞬間はあった。

けれどチェスターにはアンジェリカが居るから、勘違いなのだと思い込むようにしていたし、仲睦まじい二人の姿を思い浮かべるとチェスターの言葉は嘘のようにも聞こえてしまう。

シーツの上に投げ出されていた手に彼の手が重なりビクッと震えると、指を絡めるようにしっかりと繋がれる。

チェスターの幸せそうな笑顔は心臓に悪くて、胸の鼓動が勢いを増した。

「サラ、もう一度言って欲しい。オレのことをどう思ってる？」

「……良い人だけど意地悪な人」

「そうじゃない。焦らされるのは嫌いじゃないが、散々待ったんだから今回だけは待ちたくない。オレのことが好きだと言ってくれただろ？　その言葉がもう一度聞きたい」

「…………っ」

チェスターに恋焦がれる気持ちは秘密のままにしておくはずだった。

今も頭の中では、無理やり会話を打ち切るべきだと理性が主張する。

けれど、サラの中の本能は止まってはくれなかった。

禁忌の呪文を紡ぐかのような緊張感に、空気を吸い込んだ喉が引き攣る。

「……好き」

本当に伝えてよいのか自信がもてず、サラの声は消えゆく波音のように小さくなっていた。

だから言い直す。肺いっぱいに空気を吸い込み、気持ちを音にする。

「……チェスターのことが好き」

「オレもだサラ。サラのことをもっと知りたい。色んな顔を見せて欲しい」

「私もチェスターのことを知りたい。チェスターのことを……全部」

「喜んで」

熱っぽい声で囁いたチェスターとキスをする。

愛の言葉と甘い空気に呑まれてチェスターの首に腕を絡めて抱き着くと、キスがより深くなり、本能のまま貪り合った。

部屋に響く恥ずかしい水音も、気分が高揚しているせいなのか今は気にならない。

それよりももっとくっつきたくなり、キスだけじゃ全然足りないと、サラは逞しい身体を自分へと引き寄せる。

チェスターにもサラの気持ちが伝わったようで、心なしか余裕のない動作でサラの身体に残る服を少々乱暴に剝ぎ取っていく。

脱がしやすいように身体を浮かしながら脚をチェスターに絡ませると、チェスターの理性の枷《かせ》も吹き飛んだのが分かった。

触れ合う部分が火傷しそうなほどに熱い。

ベッドに縫いとめられるように手を繋いだままシーツに身体を預けると、チェスターはキスで濡れた唇をサラの胸元へと落としていく。

膨らみの柔らかい部分に舌が這い、唇を窄めるようにしてチュッと吸われた。

サラの肌に残された赤い印にチェスターは満足そうな顔をしながらも、まだ足りないとばかりに身体中にキスの雨を降らしていく。

甘い痺れに足の指がシーツを引っ掻き、次はどこに触れられるのだろうと期待するかのように腰が疼いて肌が粟立った。

「……ぁ、ん……」

「脚を少し開けるか？」

「ま、待って……恥ずかしいから、心の準備をしたくて……」

「待ってやりたいが、いかんせんオレにも余裕がない」

「っ……」

チェスターの手が太ももの隙間に入り込み、くすぐるように肌を撫でる。

次にされるだろうことを想像したサラは、身構えるようにシーツを握りしめた。

「しっかりと濡れてるな。ちゃんと感じてくれているようで安心した」

指の腹で下着越しに大事な部分を擦られて身体がビクリと跳ねてしまう。

チェスターの指摘通り下着はしっかりと愛液で濡れていて、指が這わされるたびにクチュリといやらしい音を立てた。

強弱をつけるように上下に愛撫され、ぬるぬると指が滑る感触に唇から熱い吐息が零れ落ちる。

喉をのけ反らせて喘ぐサラを更に追いつめるように、チェスターは指先を下着の隙間から中へと忍ばせ、柔らかく熱い部分を解すように弄り出した。

「……ん、はぁっ、ん！」

直接の愛撫に腰が砕けてしまいそうな気持ちの良さを感じ取り、はしたない声が止まらない。

「チェス、ター……あっ、そこ……」

「サラの好きなところだろ？　焦らなくてもいっぱい可愛がってやる」

「はぁ……イッちゃう、からっ……今、敏感になってて……ん」

「我慢しなくて良い。これからもっと滅茶苦茶にするから覚悟をしろ」

「待って、イクなら……キスしながらがいい。チェスターとキスが……キスがしたい」

「サラが望むのなら喜んで」

首に絡めた腕でチェスターを引き寄せ舌を濃厚に絡ませ合うと、下からも上からもねっとりとした水音が響いて鼓膜までもが犯される。

希望通りにキスをしながら迎えた絶頂は、確かに心を満たしてくれた。

ビクビクと全身を痙攣させながら火照った顔でチェスターを見上げる。

荒い呼吸を繰り返し、だらしなく緩んだ唇でキスをねだり、欲望のままに舌を絡め合う。

まだ、まだ足りない。もっと気持ち良くなりたい。もっともっとチェスターに身体中を満たされたくてたまらない。

サラの大事な部分が刺激を求めて疼く。本能に従い腰をくねらせ色気を纏わせたサラは、快楽の涙で濡れた目でチェスターを見つめ、求めるように両手を伸ばした。

「チェスターが欲しい……私にチェスターをちょうだい」

「あんまり煽ると優しくできないから気をつけてくれ。ただでさえ今のサラは官能的なのに、そんな嬉しいことを言われてしまうと止められなくなる」

「止めなくていい、私はチェスターに抱かれたい。もっとチェスターを感じたいの」

「サラ……」

「お願いチェスター……私を抱いて」

頬を朱に染めたサラのお願いに、チェスターの口から吐息が漏れる。

「なら、もう一度さっきの言葉を」

その言葉に、サラは薄らと汗で濡れた金色の髪に指を差し込みながら、彼の耳元に唇を寄せた。

「チェスターのことが好き。大好き……」

サラの素直な告白にチェスターは反則なほどに色っぽい表情で艶やかに微笑むと、濃厚なキスでサラの唇を塞ぎながら、大きな手をサラの太ももへと降ろしていく。

指先がくすぐるように身体のラインを辿り、サラの身体に残された最後の衣服の端に差し込まれた。

下着を脱がされる羞恥に思わず顔を逸らしてしまう。

チェスターは勿体ぶった手つきでサラを一糸纏わぬ姿にすると、膝に手を添えて脚を大きく広げさせた。

ものすごく恥ずかしい格好だ。サラはこれ以上ない程の羞恥に強く目を閉じるが、再び始まった指での愛撫に耐えられず、シーツを力いっぱい握り締めた。

　ぐちゅぐちゅと周りを弄られ、たっぷりの愛液を纏わせた指先が秘された入口をノックし、探るようにつぷりと入り込む。

「っ……」

「痛いか？」

「だい、じょうぶっ……平気」

　押し入られる圧迫感に耐えるように眉根を寄せる。

　痛みよりも、身体の内側を触られる感覚への戸惑いの方が大きい。

　入口の浅い部分を愛撫していた指が、徐々に奥へと進んでいく。

　緊張に固まるサラを宥めるように、チェスターは涙が流れた痕が残る目尻にキスを落とし、そのまま唇を奪った。

「……んっ…」

　丹念に舌を絡めとられる。

　キスはサラの体の力を緩めるのに最適な効力を持っていたようで、きつそうに出し入れされていた指の動きが滑らかなものになる。

　チェスターは花弁の表面に滴る蜜をたっぷりと指に纏わすと、本数を増やしてサラの秘部が男を受け入れられるように少しずつ慣らしていく。

　内側を指の腹で撫でられるたびに背筋に震えが走るのに、同時に舌先を吸われると、衝動が堪えきれなくて背中が弓のようにしなってしまった。

「もう一本増やすぞ」

初心《うぶ》なサラの秘部が、チェスターの指を嬉しそうに呑み込んでいく。

狭い場所を割り入れられてキツイ。だが、サラの口からは泣き言ではなく、熱の籠った艶やかな吐息が漏れていた。

（奥……に、指が当たると、気持ちが……いい……）

最初にあれだけ固く閉ざされていたことが嘘のようだ。

頃合いを見計らい、チェスターの指が引き抜かれる。愛液で濡れた秘部は、チェスターの猛りを求めて赤く色づいていた。

「チェスター……」

チェスターは額に浮かんだ汗を腕で拭うと、男くさく笑いながらサラの脚を抱え込み、サラのとろとろに解された淫花に硬い先端をこすりつけた。

入口を探すように何度か前後に揺すられるのに合わせて、自然と腰が揺れてしまう。誰に教わったわけでもなく身体が勝手に動くのだ。

太ももに腕が添えられて、先端が狭い入口の隙間をこじ開けていく。

「……っ！」

内側からたっぷりと溢れ出る愛液のおかげで滑りは申し分ないが、身体は無意識に、逃げるようにベッドの上へとずり上がってしまう。

「すまないサラ。本当はもっと時間をかけるべきなのは分かっているが、もう止められないんだ。痛かったらオレを殴るなり蹴るなり噛みつくなりしてくれ」

「だ、い、丈夫。痛くても平気。痛い方がチェスターのこと……いっぱい感じられるから……」

「息を吸えるか？　ゆっくり吸って吐くんだ。呼吸をしていた方が痛くない。絶対に息を止めるなよ」

「分かったわ。できる。だから早くっ」

身体が逃げないように腰を強く抱かれて、楔が内側へと押し込まれる。

狭い場所を無理やり押し広げられる圧迫感と、皮膚が切れるような痛みを耐えるために枕を抱いて噛みついた。

こんな場所にこんな痛みなど経験したことがないから、やり過ごし方が分からない。けれど、チェスターの顔も苦しそうに歪んでいて、同じ痛みを共有している気持ちになる。

そのうちに、先端の太い部分が中を押し広げながら奥へと侵入する感触が内側から伝わって来た。

（これが一つになるって意味なのかな………）

欲望を満たすだけではない、身体を重ねるという行為の意味を、この夜に初めて知ることができた気がした。

色んな感情が溢れて目尻から涙が零れる。

チェスターの指先が優しく涙の滴を拭い去り、汗で張り付いたサラの髪を撫でる。

強く閉じていた目を開けたサラは、ぼやけた視界の中に映るチェスターの艶やかな表情に、痛みで忘れていた羞恥心を取り戻し、恥ずかしそうに睫毛を伏せる。

「お、終わった？」

「終わってない。まだ始まったばかりだ」

「私、こ、これから…どうすればいいの？」

「そのまま力を抜いて、オレに身を任せて欲しい。可能な限り優しくする」

低められた声に背筋が震えた。サラは返事の代わりに頷くと、シーツを握り締めていた手を解いて、チェスターの手に指を絡ませた。

力強く握り返される感触に胸の奥が温かくなる。自分に与えられた役割のことなど考えてはいなかった。ただチェスターのことが好きで、その気持ちだけで抱かれた。

娼婦としてではなく一人の女としてチェスターに抱かれ、そしてチェスターもまた熱烈にサラを求めてくれた。

(好きな男の人との交わりがこんなにも心も身体も満たされることだなんて……)

「あっ！　ん、チェスター……っ」

「きついな…」

深々と挿し込まれた楔がゆっくりと引き抜かれ、また奥へと沈められる。

正直に言うと、痛みが強くて快感はさほどなかった。けれど、一つになれる満足感のおかげで、痛いだけでもない。

チェスターが動くたびに溢れる愛液がいやらしい音を奏でる。

熱い吐息を吐き出していたサラの唇からは、少しずつ甘い声が漏れ始めた。

するとチェスターはサラが反応を示した場所を攻めるように、腰の動きを変えた。

二人分の体重を受け止めたベッドが、サラとチェスターの動きに軋む。

「サラ……」

「チェス、タ……奥、熱い………ぁっ、はぁ……」

「オレもだ。サラの中が熱くて、最高に気持ち良い」

「ひぁっ！　……っふ、あっ…」

限界が近いのか、チェスターの声からいつもの余裕が消えていた。

汗を流しながら身体を絡め合い、体温だけでなく何もかもが混じり合う。

サラはされるがままに揺さぶられながら、自身の絶頂への兆しに四肢を強張らせた。その直後、中のチェスターをきつく締め付けて射精を誘う。

「っ……！」

限界を迎えたチェスターの熱が、サラの中にドロリと注がれた。

お互いに激しく息を弾ませながらも、視線が絡むと一言も言葉を交わすことなくキスをする。

（このまま時間が止まってしまえば良いのに）

永遠に今日という日が繰り返されても構わないと思う程、サラにとって幸せな時間だった。

すぐに身体を離すようなことはせずに、お互いの体温と重みを感じながら余韻に浸る。

チェスターは激しい交わりでぐったりとしたサラの身体を抱きしめると、優しい声色で「愛している」と囁いた。

この先にどんな困難が待っていようが、この言葉を覚えている限りどんな壁でも乗り越えられる気がする。

もしこの世に神様がいるのならささやかな願いを聞いてくれないだろうか。

一生なんて言わないから、せめて一分でも一秒でも今夜の時間を増やして欲しい。この願いが叶うのなら、他に何もいらないから。

5章

心も身体も満たされた夜から目覚めたサラは、広いベッドの上にチェスターの姿が見当たらないのに気づき、寝ぼけながらも起き上がる。

もしかして昨日の出来事は夢だったのだろうかと一瞬だけ思ってしまった。

けれど、身体に残る情事の痕やチェスターを受け入れた場所に感じる痛みが現実なのだと教えてくれて、つられて思い出した昨夜の光景に頬が勝手に赤くなってしまう。

（私……ついにチェスターに抱かれたんだわ。しかもその……あ、あ、愛してるって言ってもらえた）

やはり全然実感が湧かなくて頭がフワフワする。

ゆだる頭を冷やそうと手の甲を頬に当てると、自分が服を着ていることに気がついた。

あの後に着替えた覚えがないから、チェスターがわざわざ着せてくれたのかもしれない。

手のひらで両頬を叩いて、にやついてしまいそうになる顔を引き締める。

身体に残る痛みすら嬉しいなんて、まるで変態みたいだ。

倦怠感が強いから二度寝をするのも良いけれど、頭が冴えているため眠れそうにない。

眠りの世界に戻るのを諦めて布団を捲る。すると巻き起こった風が、枕元に置かれていた紙をパサリと床に落とした。

何だろうと拾い上げると、そこにはサラの身体への気遣いと、どうしても仕事に行かなければならず、起きるまで一緒にいられなくて申し訳ないという謝罪の言葉がチェスターの文字で書かれていた。

サラが起きるのをギリギリまで待ってくれていたことが読み取れる走り書きの文字に愛しさを感じて、サラは宝物のようにそれを両手でそっと包み込んだ。

幸せな気持ちを噛み締めながらチェスターの部屋から出ると、丁度同じ時に、玄関のドアノッカーが叩かれ、寝不足が一目で分かる顔をしたジェドが現れた。

目を覚ますためにコーヒーを所望したジェドは、サラが準備してさし出すと砂糖もミルクも入れずに飲み始める。

どうやら、チェスターに頼まれてサラの様子を見に来たということらしい。

眉間に深い皺を刻むジェドをこれ以上怒らせないように細心の注意を払いながら聞き出した話によると、チェスターは今、昨日の途中退席の謝罪のために各方面に挨拶回りをしているのだそうだ。

パーティーに参加していた貴族たちはチェスターの貿易会社の良客でもあるため、きっちりとした対応をしなければならない。

いくらジェドが代理参加したとはいえ、チェスターが途中退席したことに変わりはない。チェスター本人が貴族たちの屋敷を訪ねるのは当然なのだろう。

「えっと、お疲れ様です」

「本当にな」

「寝不足なら糖分を多めにとった方が疲れが取れるわよ。砂糖はいかが？」

シュガーポットをジェドに向かって押し出すが、一瞥されることもなく断られてしまった。

彼はブラックのままコーヒーを飲み込み、カップの中でスプーンをくるくると回して砂糖を溶かすサラに静かに目を向ける。

「甘ったるいコーヒーなんて飲めたものじゃない」

「それってミルクも砂糖も山盛りで入れてる私に対する嫌み？」

「嫌みなのは正解だ。忙しいこの時期にどうして俺が時間を割いてお前の様子を見に来なければならないんだ」

「忙しいの？」

「荷の積み忘れは大損害に繋がるから、出港の前は船全体が殺気立つ。今がその時期だと言えば様子は摑めるだろ」

「な、なんだかごめんなさい」

よく分からないけれどとりあえず謝っておいた。

ジェドは小さくため息を零してカップをテーブルに置くと、「で？」と急に話題を変えてきた。

たった一言だったが、不思議とジェドの言いたいことは分かったので、サラは神妙な顔で姿勢を正し、コクッと短く頷いた。

「チェスターに抱かれたわ」

「やはりな。チェスターのあの浮かれようを見てそんな気がしていた」

「違うな。チェスターの態度、いつもと違う？」

「違うな。ついでに言えばお前もいつもよりしおらしくて気味が悪い」

「……気をつけるわ」

「そうしてくれ。で？」

「え？」

今度の「で？」は意図を汲み取れず首を傾げたサラは、続けられた言葉に更に首を傾げることになる。

「お前はこれからどうするつもりなんだ？」

「え……えっと……」

サラの目標が借金を返して娼婦から足を洗うことだとジェドは知っているはずだ。

サラの不思議そうな顔にジェドは呆れたように片眉を上げる。

「お前の目標は分かっている。俺が聞いているのはチェスターについて船に乗るか乗らないかだ」

「言ってることの意味の方が分からないわ。どうして私が船に乗るなんて発想が出るの？」

「それはチェスターがお前のことを気に入っているからだ。どうせ、それらしいことも言われているんだろ。お前にはまだ愛人としての利用価値がある」

ジェドの読み通り、確かに昨夜愛していると言ってもらえた。しかし、チェスターにはアンジェリカがいる。

あの言葉はきっと、本来ならばアンジェリカが聞くはずだったのだろう。

チェスターが女嫌いの体質でなければ、今頃アンジェリカと結ばれていた。だが、残酷過ぎる現実が、チェスターとアンジェリカを引き離してしまっている。

（チェスターはきっと、私をアンジェリカの代わりに抱いたのよ……）

「私にチェスターの愛人になれってこと？」

「今朝の様子からするとチェスターの女嫌いはまだ治っていないはずだ。このままお前を逃せばハンコック家は跡取りを諦めなければならない事態に陥る可能性も出て来る」

「チェスターの女嫌いは治ってないの？　私を抱いたのに？」

「お前を抱いたら治るというのは俺の仮説であり、医学的な根拠があるとは一言も言っていない」

「………」

「本来ならばお前を縛ってでも船に乗せるべきだろうが、誘拐監禁が平気でできるほど俺は悪人ではない。だから判断を委ねたまでだ」

ジェドは私を甘い言葉で騙して船に乗せるつもりはないようだ。

堂々と不穏な単語が重ねられていく。

「お前はチェスターが好きなんだろ？　愛人の立場で満足できるのなら船に乗るといい。子供の一人でも産まれれば今後の人生は保証される」

ジェドの話は、サラの今後の人生を左右するとても重要なものだった。

チェスターと船に乗ることを選んだら、これからも一緒の時間を過ごすことができる。ただし、愛人としてだ。

貴族や富豪たちが、自らの地位や財力を誇示するために何人もの愛人を囲うのは普通のことだ。咎める人は居ないし、非難されるどころか愛人の人数が多ければ多いほど甲斐性があると羨望の眼差しを向けられると聞いている。

サラからしたらサッパリ分からない感覚だが、チェスターとジェドは愛人だろうが第二、第三夫人だろうが違和感なく受け入れる環境で生きてきたはずだ。

だから愛人という立場をサラに求めてきたのだろう。

愛人としての立場を受け入れられるのならチェスターと共に船に乗ることが許される。

しかしそれは同時に、決して表舞台に立てないと宣告されたも同じである。

今の状況が続くのなら、たとえ愛人であっても寵愛を独り占めできるかもしれないが、もしチェスターの女嫌いが治ってしまったら、立場は一転するだろう。

華やかな生活を送るチェスターの周りには美しい女性が集まることは明らかだし、何よりチェスターには幼い頃から慕っているアンジェリカが居る。

アンジェリカを気兼ねなく抱きしめられるようになったら、サラは即座にお払い箱だ。

それに、女嫌いが治らなかったとしても、サラはチェスターと結婚することはできない。立場が違い過ぎてハンコック家に相応しくないから、正妻の座につくことは許されない。

自分にとって一体何が幸せなのだろう。

一秒でも一瞬でもチェスターと一緒に居たい気持ちに嘘偽りはないけれど、その代償として深く傷つく未来が待っているとしたら、どちらを選ぶべきか。

最悪の未来を想像してみた。サラが愛人でも構わないからと船に乗り込んだ後でチェスターの女嫌いが治り、アンジェリカと結ばれて子宝に恵まれ、仲睦まじい姿をこれでもかと見せつけられる未来だ。

女嫌いが治ればチェスターはアンジェリカのもとから離れないだろうし、子供も溺愛《できあい》するだろう。

幸せそのものの彼らを見せつけられ、用のなくなった自分はお払い箱。

好きな人に幸せになってもらいたい気持ちは本物だけれど、心の底からお祝いできるほどできた人間でもない。

一緒に居て泣きたくなるほど辛い思いをするのなら、一生会えない距離の方が幾分か楽なのではないか。

「……私は、チェスターのことが好きだけど、愛人になれるほど強くないわ」

「そうか。残念だ」

「説得しなくていいの？　ジェドならチェスターの女嫌いが治るまでどんな理由をつけてでも私を連れて行こうとすると思ってた」

「金で解決できるのならいくらでも積んでやるが、お前の人生を決める権利はお前にある。だから強制はしない」

意外にも優しい言葉をかけてくれるジェドがらしくなくて、サラは目を丸くする。

サラのイメージするジェドは、目的のためなら平気で逃げ道を奪うような男だったのに、予想に反してサラを気遣ってくれているようだ。

優しいジェドに違和感が消えず、失礼だとは思いながらも何か裏があるのではと警戒を強めるが、そういえばジェドは幼い頃に両親を亡くし、孤児院に捨てられそうになった過去があることを思い出す。

他人の身勝手で人生を奪われそうになった経験が、今のジェドに影響しているのだろう。

売られたサラと、不慮の事故で両親を亡くしたジェドとでは家族を失った過程は違うけれど、同じように一人ぼっちになってしまった。

だからこそ、サラに愛人を強制しなかった。

いつか自分で温かい家庭を築きたいとジェドも思っているからこそ、サラに自由に生きる道を与えてくれたのだろう。

「実は私、ジェドのことちょっと苦手だったの。でも今は結構好きだわ。心配してくれてありがとう」

「俺は今でもお前のことを無礼で生意気なクソガキだとは思っているが、馬鹿ではないと分かった。それと根性もある。お前ならどこへ行ってもうまくやっていけるだろう」

「私は喜べばいいの？　失礼だって怒ればいいの？」

「好きにしろ」

ジェドは空になったコーヒーのカップをテーブルに戻すと、手帳を取り出した。そしてページの間に挟んでいた羊皮紙を広げて、サラの目の前で万年筆を滑らせていく。

あれはどこかで見たことがある。そうだ、イヴァンの売春宿でサラを雇う交渉をしていた時に書いていた小切手だ。

ただ、書き込まれた金額が大幅に間違っている。

「……ジェド、金額間違ってるわよ」

サラの借金を返してもまだ余りが出る額だったため指摘をしたのに、ジェドは訂正することなく小切手をサラの前に差し出した。

「餞別だ」

「……餞別って…どうして？」

「ずいぶん警戒するんだな」

「だって……話がうますぎるわ。ジェドが悪い人じゃないって知ってるけど、何か裏があるかもって思ってしまうのは当然でしょ？」

「それもそうだな。その警戒心は忘れない方がいいが、今回に限り素直に受け取れ。他意はない」

借金の恐ろしさを体験している身としてはこんなにも大きな数字の小切手を受け取ることに躊躇《ちゅうちょ》してしまうが、田舎に帰っても一からではなくゼロからやり直さなければいけないからこそお金は有るに越したことはない。

本当にもらっても大丈夫なのかと用心のために再確認するサラに、ジェドは静かに頷いた。

「帰る道すがら、どこかの観光地にでも寄って失恋の痛手を癒やすといい。成功報酬と手切れ金。それと慰謝料だ」

「手切れ金……」

「深く考えなくていい。どうせ一度別れたらお前とチェスターが再会することは二度とないのだからな」

「……分かってるわ。出会えたことが奇跡なのよね。海のない田舎で暮らす私と、船で世界中を旅するチェスターが偶然再会することなんて起きるはずがないもの」

「俺たちは三日後の昼頃、この街を離れる。お前はどうする？　女の一人旅は推奨しない。出て行く日と時間が決まれば馬車を手配しておいてやる」

「ありがとう。でも私は大丈夫。行きも一人でここまで来たから、帰りも一人で帰れるわ」

「推奨しないと言っている」

「一人がいいの。だって帰る途中で絶対に大泣きする自信があるの。誰かに気を遣って泣くよりも、一人で思う存分泣きたいわ。沢山泣いた方が失恋の傷も治りやすいと思わない？」

「……分かった。だが、十分に気をつけろ」

ジェドの顔から渋い表情が消えなかったのは、やはり女の一人旅に不安があるからだろう。

思いがけずしっかりと心配してくれていることに嬉しくなる。胸が足りないガキだと散々言われたけれど、最終的にちゃんと女性扱いしてくれるのだ。

ジェドを玄関まで見送りながら、チェスターがこの港街に居るのはあと三日なのだという事実に、サラは切ない気持ちを噛み締める。

（あと三日………別れてしまえば再会は叶わない）

ジェドからお金をもらったからもう仕事は終わりなのだが、いつ屋敷を去るべきだろうか。

悩んでいても仕方ないと素直にジェドに尋ねてみると、判断は任せると返事がくるから余計に困ってしまった。

（指示してもらえた方が気が楽なのに）

すぐには出せない答えだと思ったが、出港するチェスターを見送ると未練が断ち切れなくなる気がしてならない。

見送るよりも自らの足で出て行った方が、後悔も幾分か減る気がする。

新しい人生への最初の一歩は自分の意志で踏み出したいから、叶わぬ想いを引きずるよりも振り払いたい。未練がましく見送るのはやめよう。

「ジェド、私、明日出て行くことにする」

「もう決めたのか」

「本当は今日でもいいけど、荷物を纏めてイヴァンにお金を返しに行ったら街を出る頃には夕方になってしまうだろうし、それにチェスターにもお礼とお別れの言葉をちゃんと言いたいから」

「そうか」

「今までお世話になりました。この恩は一生忘れないわ」

「チェスターには今夜早く帰るように伝えておく。俺からの最後の情けだ」

「ありがとう！　もしよかったらジェドも来て。田舎料理だけど、精一杯の御馳走をつくってもてなすわ」

「チェスターとの最後の夜に邪魔者を呼んでどうするんだ。お前はそういうところが無神経だ。改めろ」

「ご、ごめんなさい」

「今後の幸運を祈る」

「ジェドも、いつか素敵な家族をつくって幸せになってね」

扉を開けて出て行くジェドに手を振ると、ジェドの口端が自然に上がった。

それはいつものつくり笑いではなく、何か良からぬことを考える時に浮かべる悪どい笑みでもなかった。初めて見るジェドの自然な笑顔だった。

派手さや可愛げのない小さな笑顔だけれど、最後の最後に打ち解けてもらえたような気がして嬉しくて一生懸命大きく手を振る。

（ジェドと会うのは今日で最後かな）

もしかしたら明日少しだけ顔を出してくれるかもしれないけれど、実質的にはこれが最後の別れだろう。馬に乗って街道を降りていくジェドを見えなくなるまで見送った。

わざわざジェドに「明日出て行く」と伝えたのは、決心を変えないためでもある。

名残惜しい気持ちは消えないし、チェスターへの未練もそう簡単に断ち切ることはできないだろうけれど、どう頑張っても自分は愛人にはなれない。

（荷物……纏めなきゃ……）

小高い街の下に広がる海の眩しさに目を細める。

懐かしさすら覚え始めている港街との別れももうすぐそこだ。

明日この屋敷を出て行くと思うと、どこを見てもいつもと違う気持ちになるから不思議だ。何十回も歩いている廊下すら特別な空間に感じる。

着の身着のままでやって来たはずなのに、いつの間にかサラの私物が増えているのは、チェスターがお土産に色々と持って帰って来てくれたからだ。

髪飾りに腕輪に化粧品。ドレスは返した方が良いのだろうか。タオルでつくった人形はどうしよう。チェスターが一緒なら眠れるから必要なかったのだけれど、これからはチェスターに頼るわけにはいかない。

イヴァンがサラの借金を肩代わりしてくれたから、抵当に取られてしまった田舎の家は借金取りから返されているはずだ。

ただ、荒らされていないとは限らないから、ジェドの餞別は正直に言ってかなりありがたい。

イヴァンに渡す前に小切手をなくさないようにと本に挟んで鞄《かばん》の底に詰める。荷造り用に紐を用意してみたが、荷物が少ないせいで鞄だけで済んでしまい、使わなかった紐はベッド横のサイドテーブルに置いた。

チェスターと過ごす最後の日だと思うと、どうしても感慨深くなってしまう。

サラは込み上げて来る寂しさを紛らわすために掃除に精を出し、料理もいつも以上に手間をかけてつくった。

テーブルいっぱいに並んだつくり過ぎた料理に苦笑が漏れる。そのうちに、近づいて来る馬車の音でチェスターの帰宅に気がついて顔を上げた。

出迎えのために厨房を出るが、抱かれてから初めて顔を合わせる気恥ずかしさに頬が熱くなる。それでも、チェスターの姿を見つけて笑みを零した。

しかし何故かチェスターの様子がおかしい。

彼は片づけを済ませたサラの部屋の扉を開けたまま、立ち尽くしていたのだ。

「チェスター？」

一向に動かないチェスターに声をかけてみる。

名前を呼ばれたチェスターはビクリと大きく肩を震わせて弾かれたように振り返った。

「これはどういうことだ」

怒りがはっきりと読み取れる低い声で唸られ、サラは踏み出そうとした足を思わず止める。

チェスターの怒りの原因が分からない。

「チェスター？」

困惑の表情を深めるサラに大股で近づいたチェスターは、強い力でサラの腕を引いた。

「ジェドから聞いた。明日サラが出て行こうとしていると。荷物も纏められている。一体どういうことだ」

「どういうことって……そのままの、意味だけど……」

サラの言葉にチェスターの顔が更に険しくなり、纏っている空気がより険悪なものへと変わる。

（ど、どうしたんだろう？　何でチェスターはこんなに怒っているの？）

もしかして、出て行く日を先にジェドに言ったのがまずかったのだろうか。長い時間を一緒に過ごしてきたのはチェスターなのだから、人づてに聞かされて気分を害してしまったのかもしれない。

初めて目にするチェスターの怒りを前に、血の気が引く。

どうにか機嫌を直してもらいたくて真っ先に頭を下げた。

「ごめんなさい。先にジェドに報告したのは理由があって……」

「そういうことじゃない」

ますます語気が荒くなる。

尋常でない雰囲気にサラの目に怯えの色が滲むと、チェスターはハッとしたように掴んでいた腕を放すと、意味もなく数度、手のひらを握ったり解いたりを繰り返した。

今まで散々我儘を言っても怒るどころか笑って許してくれていたから、チェスターの態度が変わってしまった理由が分からない。

「私、何か悪いことした？」

眉根を寄せて尻込みしながらも尋ねると、チェスターは苛立ちを発散させるかのように、前髪をグシャグシャとかき乱し、最後に、崩れた前髪を後ろ側に撫でつけた。

「……すまない、少し興奮してしまった。思い返してみたらサラにはまだオレの希望を伝えていなかったんだった。きちんと話をしないと、考えていることが相手に伝わるはずなんてないのにな」

チェスターは昂った気を抑えるように深呼吸すると、真剣な瞳をサラに向ける。

「オレと一緒に船に乗って欲しい」

勘違いすることもできそうにない真剣な口調でそう言った。

予想外の言葉に、サラは目を見開いた。

（船に乗って欲しいって、私を連れて帰りたいってことだよね。その……愛人として傍に置くために……）

ジェドとの会話を思い出して無意識に首を横に振る。

自分はチェスターが思っているほど強くないし、嫉妬深いから、愛人としての立場に満足することなど無理に決まっている。

アンジェリカの存在に怯え、いつチェスターの女嫌いが治って捨てられるか分からない不安に毎日苛まれるなんて耐えられるはずがないのだ。

「どうして頷いてくれないんだ。サラはオレのことを好いてくれているんだろう？　オレも気持ちは同じだ」

「……チェスターとは一緒に居られない。私とチェスターとでは住む世界が違い過ぎるから……」

「身分は関係ない。オレはサラのためなら身分だろうが家柄だろうが乗り越える覚悟はすでにできている」

まるでサラを妻に迎えるかのような言い方に胸の奥が熱くなる。

(止めてよチェスター。私を惑わさないで)

本当に愛しているかのように振る舞われてしまうと、消しきることのできない期待が膨らみそうになって辛くなってしまう。

チェスターは本気でサラを好きでいてくれるかもしれないけれど、ただ単に女嫌いの拒否反応が出ないサラを、チェスター本人も気づかない内に特別扱いしてしまっている可能性も否定できない。

忌々しい体質が治り、女性に対しての苦手意識がなくなったら、何の取り柄も器量もない役立たずの自分は目にかけてもらえなくなるだろう。

(そんなの嫌だ)

チェスターが他の女性と親しく話しているだけでも嫉妬してしまうのに、他の女性に愛を語り腕に抱く姿を見たら狂ってしまう。

チェスターのことを好きになっていなかったら、愛人という立場も受け入れられたかもしれない。生活を保障してもらう生き方も人生の一つだろう。

ただ、自分にはできない。心が狭いから、独り占めできない恋なんて耐えられないのだ。

「まだ出港まで三日ある。だからその時間を使ってもう一度考え直してくれないだろうか」

「ごめんね、チェスター。もう帰るって決めたの」

「サラ……」

「本当にごめんなさい。ようやく娼婦から足を洗えることが決まったから、しばらく田舎でゆっくり過ごしたいの。もう会うことはないだろうけど元気でね。チェスターの航海の安全を祈っているわ」

「………」

「そうだ。今日が最後の夜だからいつもより料理を頑張ったの。一緒に食べよう？」

話を打ち切るためにわざと明るい声を出す。

これ以上この話を続けても平行線のままだろうし、何より愛人への勧誘なんて聞きたくなかった。

チェスターは正妻とは別の女性を囲う生活を違和感なく受け入れられるのだろう。そういう世界で育ったのだからそういう感覚を持っていてもおかしくはないし、悲しいけれど仕方ない。

気持ちを切り替えるように笑顔をつくる。最後の夜なのだから、喧嘩せずにお互い笑って過ごしたい。

しかしチェスターはサラの意見に同意してはくれず、壁に手を当ててサラの進路を塞いだ。

不安そうな顔で見上げるサラに迷いの残る瞳が向けられる。

「……帰さない、と言ったらどうする？」

「私は元々チェスターたちがこの港に居る期間だけって約束で雇われたのよ。ジェドにはいつ帰ってもいいって言われてる。だからチェスターが何を言おうと私の役目は終わったの」

「確かに最初は契約上の関係だった。だが今もそうなのか？　オレはサラを愛している。この気持ちは嘘じゃない」

「それは……」

「頼むサラ。オレと共に来ると言ってくれ。そうじゃないと自分でも何をしてしまうか分からないんだ」

「……ごめんなさい」

「……っ…」

苦しそうに表情を歪めるチェスターから視線を逸らして、サラは睫毛を伏せる。

チェスターの言う通り、最初と今では心情は大きく変わった。もしチェスターが貿易商の跡取りではなく雇われ船乗りの一人だったら、故郷を捨ててでもついて行く道を選べたのかもしれない。

けれど、現実は思い通りにはいかない。チェスターとサラは住む世界の違う人間だし、自分は愛人としての生活を受け入れられないから、別れは決まっていることなのだ。

もうこの話はやめにして欲しい。チェスターが好きだと言ってくれる気持ちは嬉しいけれど、愛人になれとしつこく食い下がられると気持ちがどうしても沈んでしまう。

アンジェリカの美しい姿がどうしても忘れられない。

勝ち目のなさに自虐的に笑う。

放っておくとどこまでも沈んでしまいそうになる気持ちを切り替えようとしたサラは、チェスターの纏った空気の変化を察して顔を上げた。

息を呑んだのは、チェスターの表情が消えていて、その冷酷な眼差しに射貫かれたからだ。

その表情は怒りよりも憎しみのようなものに似ていた。あまりの威圧感に無意識に後ずさってしまう。

チェスターは強く目を閉じると、震える拳を握りしめて、不自然なほどにゆっくりと開いた。

そして、上着から書類を取り出すと、狼狽えるサラの前に差し出した。

（……よ、読めってこと…よね？）

おずおずと受け取り、書面に目を走らせる。

チェスターの上着から取り出された折り皺のついた羊皮紙には、何故かサラの名前が書かれていて目を見張る。

そこに書かれていたのは売買証明書であり、チェスターがサラをイヴァンから買い取った旨が書かれていたのだ。

（……何、これ……）

目の前から消えてくれない羊皮紙はサラの所有権がイヴァンからチェスターに移った事実を突きつけている。

背中に走る悪寒が気持ち悪い。

蒼ざめながら、どういうことだとチェスターを問い詰めても、見たままの意味だと冷静に返されてヒクリと喉を引き攣らせた。

「見たままって……私には、チェスターがイヴァンから私を買ったように見えるわ」

「その通りだ」

「っ……」

「オレがサラを買い取った。サラの所有権は現在オレにある。故郷に帰ることは許可しない。サラには三日後にオレと共に船に乗ってもらう」

「嫌よ！」

「サラに拒否権はない」

「絶対に嫌！　私は物じゃないわ！　こんなの間違ってる！」

「だからサラに拒否権はないと言っている。何をしようがどう足掻こうがサラの権利を持っているのはオレだ」

言葉のナイフが心に突き刺さる。

こんな酷いことがあるだろうか。

確かにサラは金で買われた娼婦で、イヴァンからしたら所有物だ。そのことについて否定をする気はない。

　金を稼ぐ道具として買われ、納得して娼婦になった。けれど、イヴァンに買われるのはよくてもチェスターには物として扱われたくなかった。

（チェスターのことが好きだから……）

　物としてではなく一人の人間として接してもらいたくて、だからこそ自分の力でお金を返して少しでも対等になりたいと思ったのだ。

（隣に並ぶことは叶わなくても、堂々と胸を張って陽の光の下を歩くことができるようになりたくて、その気持ちを支えに頑張ってきたのに……）

　サラにとってチェスターの行動は裏切りにほかならない。

　他の誰でもない、チェスターだからこそ許せなくて、ボロリと大粒の涙が零れた。

「酷い！　どうして勝手にこんなことをしたの！　私が買ってくれって頼んだ？　逆よね！　私はずっと自分の力で娼婦から足を洗いたいって……そう言ってたのにっ……」

「サラ……」

「触らないでっ！」

「待て、どこへ行く！」

「触らないでよ！　イヴァンのところに行ってもう一度買ってもらうわ！　絶対にチェスターの物にはならないから！」

「駄目だ。アイツのもとには行かせない。アイツはサラに異様な関心を抱いている。戻ったらどうなるか、想像ぐらいできるはずだ」

「分かってるわよそれくらい！　イヴァンに抱かれるんでしょう？　それくらい平気だわ！　私は娼婦なのよ！　男に抱かれるのが仕事なの。だからチェスターにも抱かれたの！」

「……それはつまり、仕事だからオレに抱かれたと言いたいのか？　好きだと言う言葉も戯言だったと？」

「そうに決まっているでしょう！　仕事じゃなかったらチェスターには抱かれなかったわ！」

頭に血が上っているせいで冷静な判断ができず、サラはつい心にもない暴言をぶつけてしまう。

「大金がもらえるからって喜んで脚を開いたのに、更に借金を背負わされるなんて最悪よ！」

本当はそんなことこれっぽっちも思っていない。チェスターに抱かれて嬉しかったし、チェスターにだからこそ身体だけでなく心まで許したのだ。

けれど、こんな時に素直になれるほど、サラは人生経験が豊富ではなかった。

「そうか……」

チェスターは恐ろしいほどの静かな声で呟いた。

そして、すぐにでも屋敷を飛び出し、イヴァンのもとに走っていこうとするサラを無断で肩に担ぎ上げる。

「ヤダ！　降ろして！」

「自分の立場をまだ理解していないようだな。金を返すまではサラはオレの所有物だということを忘れるな。勝手に出て行くことも、あの男のもとへ行くことも許さない」

「お金を返せばいいんでしょう！」

「あぁ、そうだ。返せるならな」

「返すわ！　すぐには無理だけど、イヴァンのお店で働いてお金を貯める！　約束する！」

「売春宿でどれだけ客をとろうが稼げる金はたかが知れてる。サラにはもっと確実に金を稼げる方法を教えてやる」

「ま、待ってチェスター！」

「オレに身体を売ればいい。お前の希望通り、娼婦として毎晩抱いてやる」

担がれた肩から降ろされたのは荷造りを終えたサラの部屋のベッドの上だった。

慌てて起き上がろうとするが、チェスターに組み敷かれてしまう。

経験の少ないサラでもこの後にどうなるかくらいは一瞬で想像できた。

「嫌、チェスター！　止めて！」

「よかったなサラ、娼婦としての初仕事だ。今まではサラに負担をかけたくなくて我慢していたが、娼婦に気遣いは無用だろう？」

「そんな……」

「どうして泣く。娼婦の仕事は男を喜ばせることだ。金を稼ぎたいんだろ？　さあ、脚を開け。客に手間をかけさせるな」

まるで氷のようなチェスターの目が怖くて身体が竦む。

それでも嫌だと泣きながら首を横に振ると、チェスターはサラの態度を蔑むようにため息をつき、どこかに顔を向けて何かを発見したかのように手を伸ばした。

反射的に目を瞑ってしまったサラは直後、片腕の違和感に恐る恐る目を開いて驚愕に顔を蒼ざめさせた。

チェスターが手にしていたのは、サラが使わずにベッドサイドのテーブルに置いていた荷造り用の紐で、その紐がどういうわけかサラの右手首に巻き付けられていた。

固まってしまったサラの隙をつき、チェスターは手首に巻き付けた紐を引っ張って、ベッドの飾り柵に通すと左手首にまで巻き付け始めた。

手慣れているように見えるのは、船乗りの生活で紐やロープの扱い方を身体に叩き込まれているからだろう。

抵抗するサラを難なく押さえ込み、固い結び目をつくったチェスターは、ベッドに拘束した彼女を見下ろし、口角を上げて艶やかに笑う。

瞳の奥はまったく笑っていなくて、怖気が走った。

「良い眺めだな」

「チェ、スター……これ、解いて……」

怖い。まるでチェスターが別人のようだ。

喉が引き攣るせいで声まで震えてしまう。チェスターは貼りつけたような笑みでサラの頼みを無視すると、躊躇することなくサラの着ているワンピースを捲りあげ、大きな手を素肌に這わせた。

払い除けたいけれど、紐で拘束されているせいで腕を動かすことができない。力を込められるたびに紐の通された柵がミシリと軋んだ音を立てるが、壊れる気配はなく、ただただされるがままに身体を弄ばれてしまう。

胸の膨らみを包んだ指先が先端の飾りを絡めとる。サラの快楽を引き出すように摘まれた。

以前と同じ行為のはずなのに、心は悲しみしか感じない。

それでも覚えさせられた快感から逃れることはできなくて、下着越しに脚の間に触れられると、濡れた感触に身を捩った。

「っ……ぁ……」

「声を我慢するな」

「……も、やだ……許して……」

「駄目だ。心が手に入らないのなら身体だけでも手に入れる。他の男には指一本触れさせない。サラはオレの物だ」

（私は……物じゃないのに……）

涙で視界が滲んでチェスターの姿が霞んでしまう。

舌で胸の飾りを愛撫され、口の中で転がされながら下肢を指で弄られると、心とは反対に、身体は嬉しそうに反応して、たらたらと愛液が滲んでしまう。そのことが嫌で仕方ないのに、自分の意志で止めることができない。

快楽を我慢しようとつま先に力を入れる。

せめて声は出したくないと、きつく唇を引き結ぶサラに、チェスターは冷たい笑みを向けると、身体を起こしてベッドから降りた。

さすがに良心が咎めたのかもしれない、と期待したのもつかの間、チェスターはサラの足もとに移動してベッドに乗り上がると、下着を脱がした太ももに手を当て、脚を大きく開かせた。

その場所を隠すこともできずに暴かれる衝撃に呆然とする。恥ずかしさに、引き結んでいた口が自然と開いた。

「チェスター！　やだ！　それ止めて！」

「娼婦相手に遠慮するつもりはない」

「あっ！　う、うそっ……だめ、ほんとに、駄目！　やっ…ぁ……」

信じられない場所に濡れた感触がして、悲鳴に近い嬌声《きょうせい》が漏れる。

何が秘部を這っているかなんて考えたくもないが、脚の間に顔を埋めたチェスターの姿が目に入ってしまい、嫌でも答えが分かってしまう。

涙がボロボロと零れ落ちた。

嫌なのに、あんな場所を舐められて恥ずかしくて死にそうなのに、それでも腰が揺れてしまう。

吐息と共に漏れる声も甘さが滲んでいて、自尊心までもがズタボロにされそうだ。

「……あ……っ」

(駄目だ、イッちゃいそう……)

込み上げてくる絶頂の気配にグッと身体に力が入る。あんな場所を舐められてイクなんて嫌なのに、舌の腹を使って広範囲をグリグリと押しつける愛撫に思考がピンク色に染まってしまった。

我慢できずに、切羽詰まった声を上げて身体をビクビクと震わせる。

あっけなくイッてしまった不甲斐なさに息を切らしながら泣き出すサラを見下ろしたチェスターは、手の甲で口元を拭うと、力の抜けたサラの太ももを腕に担いで濡れた場所に硬くなった先端をこすりつけてくる。

「ま、待ってっ……今、イッたばかりで……」

「知ってる。力が抜けていて挿れるには丁度良い」

「ひぁっ、あ……ふ……」

押し当てられた猛りが、ズズッと秘部に押し込まれていく。

舌で丹念に解された花弁は愛液で濡れ、チェスターのモノをすんなりと呑み込んでしまった。

「熱いな。溶かされそうだ」

「……ぁ……」

力は抜けているが、敏感になっているせいで初夜の時よりもチェスターのモノをより一層感じてしまって、戸惑いを隠せない。

強烈な刺激に背中がのけ反る。

チェスターはサラの腰にしっかりと腕を回して身体がずり上がらないように掴まえると、ゆるりと腰を動かして、サラを快楽の海に落とし込む。

「あっ、んっ……ダメ……」

「逃げるなサラ。このまま快楽に沈め」

「い、やだっ……」

「強情だな」

「あっ！　やだっ……ん」

慣らしの動作を省かれ、いきなり大きく動かされる。浅い部分まで引き抜かれた楔が容赦なく最奥まで押し込まれる感覚は、男を知ったばかりのサラには衝撃的過ぎた。

頭の奥がチカチカする。

逞しい腕に腰を抱かれ、より繋がりが深くなると、心に反して身体が快感に染まってしまう。

チェスターを受け入れた秘部からは嬉しそうに愛液が溢れ、水音がぐちゅぐちゅと部屋の中に響く。

（嫌なのに……悲しいのに、身体が言うことを聞かない……）

「や、あ……っ」

弱い部分を刺激され、ひと際大きい嬌声が口から洩れた。

チェスターは、嫌だと拒みながらも快楽を覚え始めたサラを見下ろすと、冷酷な笑みを口元に湛え、容赦なく腰を打ちつける。

「っ、あぁ……」

「サラ」

「……チェスター……っ」

「オレから離れることは許さない。サラはオレだけのモノだ」

繋がった場所からチェスターの先走りとサラの愛液が混じり合った水音がいやらしく響きわたり、激しい動きは大きくベッドを軋ませる。

チェスターは涙を流すサラの唇を強引に奪うと、自身の欲の証をサラの中へと注ぎ込んだのだった。


その日は宣言通り、一切手加減をしてもらえなかった。今までどれだけ大切にしてもらえていたのかが分かるほどしつこく抱かれ、何度も中に精液を注ぎ込まれた。

いつ終わったのか、サラにも分からない。どうやら途中で気絶してしまったようで、気がついたらチェスターの姿はなく一人だけベッドに寝かされていた。

何事もなかったかのように清潔に整えられたシーツはサラの体温が移り、温かくて安心する。けれど、サラの身体に残された無数の所有印と腰のだるさが、チェスターの豹変が悪夢でないことを伝えてきて、わずかに身体が震えた。

自分の居場所を確認しようとベッドから足を降ろすと、何かが引っ張られるようにガチャリと重たげな音を立てて床に落ちた。

静かな部屋に響いた大きな音に飛び跳ねたサラが目にしたのは、小指ほどの太さがある、金属でつくられた鎖だった。

寝室に場違いな鎖は、片方がベッドの脚に、もう片方がサラの足に繋がれている。

冷たい鎖に震える手で触れる。

一体誰がこんなことを……と考え、脳裏に過った人物の姿に涙が滲んだ。

「……チェスター……」

犯人はチェスターで間違いないだろう。

何故こんな酷いことをするのか？　自分の知っているチェスターは、こんなことをするような人ではない。まるで別人になってしまったかのようだ。

零れた涙がシーツに落ちる。

悲しくて辛くて、大声をあげて泣いてしまいたかった。

でも、サラはそうしなかった。乱暴に腕で涙を拭うと、思い切って顔を上げる。

(泣いていても事態は変わらない。何とかしないと……)

このままでは本当にチェスターの娼婦として船に乗せられてしまうだろう。自分勝手なのは痛いほど分かっているが、もうあんな抱かれ方をされたくないのだ。

それにしてもここはどこだろう。窓のない部屋はサラの知らない場所だから今までいた屋敷とは違う場所なのかもしれない。

鎖は部屋の中を歩けるくらいの長さがあったので、顔を顰めながらも引きずって歩き出す。

この独特の湿り気と音の反響は、地下か洞窟のような場所だろう。

簡素な机に置かれた食事と水は見なかったことにして、部屋に二つある扉のうちの近い方を開けると、そこには水回りが集められた小部屋に繋がっていて、もう一つの扉までは鎖が届かなかった。

あの扉が出口なのだろうか。

何とか鎖から足を引き抜けないかと足掻いてみるが、枷は足首につけられていて、無理やり抜き出すことは不可能だ。

怪我をしないようにとの配慮なのか、皮膚を守るように鎖の内側に布と綿が重ねて巻き付けられていることに、今更ながら気がつく。

こんなことに気を遣ってくれるのなら、閉じ込めない方向で気を遣って欲しかった。

足が抜けないなら、鎖が繋がれたベッドの脚はどうだろう。ベッドなら壊すことができるかもしれない。

わずかな期待を胸にベッドへ戻り確かめるが、道具を使わなければ外せないように手を加えられていて、脱出の道は完全に閉ざされてしまった。

（……どうしよう）

近くに誰かが居たら助けを求められるが、チェスターはそんなヘマはしないだろう。

サラに残された手段はチェスターとの話し合いくらいだが、話し合いをすると、ここからの解放を条件にチェスターの要求をいくつか呑まなければならなくなってしまう。

もし愛人になることを真っ先に強要されたとしたら、交渉は即座に決裂することは目に見えていた。

部屋の隅に膝を抱えて座り込む。

静か過ぎる部屋では時間がいつもよりゆっくり感じられてしまう。

どれぐらい待っただろうか。反響して聞こえる足音に、膝の間に埋めていた顔を上げる。

段々と近づいてくる音は扉の前でやみ、次に鍵が解錠される金属音が響いて、予想通りの人物が顔を出した。

「チェスター……」

「こんな場所に閉じ込めてすまないな。少々窮屈だろうが我慢してくれ」

「どうしてこんなことをするの？　私のこと、本当は嫌いなの？　だから無理やり連れて帰ろうとしてる?」

「食事が残っているが、口に合わなかったか?」

「話を逸らさないで!」

「悪いがサラを乗せて船を出港させるまで話し合いをする気はない。それと、これはいらないお節介だろうが、食事は嫌でも食べておくことを勧める。逃走を企てているなら尚更だ。いざという時に身体が動かなくなると困るだろう?」

嫌味を含ませるように言うと、チェスターはゆっくりとサラに歩み寄る。

「待って!　そこで止まって!　それ以上近づかないで!」

「分かった。ならサラの方から来てもらおう」

手のひらを前に突き出して拒絶するサラを見て立ち止まったチェスターは、床に落ちる鎖を取り上げると力任せに引っ張ってサラをベッドの上に引き倒した。

「やだっ!」

「仕事だサラ。望み通り娼婦に戻れたんだから、思う存分その身体をオレに差し出せ」

「私はチェスターと話し合いがしたくて……」

「自分でも恐ろしい程に余裕がなくなっているから、話し合いには応じられない。確実にサラをオレに繋ぎ止めるために、身体でオレを覚えてもらう」

「ダメっ……本当に、嫌なのっ……」

気絶するまで抱き潰された重い身体では、体力でも腕力でも勝るチェスターにはあらがえない。いとも簡単に組み敷かれてしまった。

どれだけ声を上げてもどこにも聞こえないから安心しろと耳元で囁かれ、やはりこの場所は地下なのだと確信した。

しかし、場所が分かっても、現在の攻防戦には何ら関係ない。

サラはすぐに快楽の海へと堕とされた。

「…はぁっ…ぁ……チェス、タ…」

丹念に解されて緩んだ場所に、チェスターの楔が深々と打ち込まれて中をかき回される。

何回抱いたらチェスターは満足してくれるのだろう。挿入するたびに昨夜散々注ぎ込まれた精液がいやらしい音を立てながら溢れ出してくる。

与え続けられる強い快感。身体を揺さぶられると、思考が麻薬に冒されたかのように狂い始め、より強い快楽を求める気持ちが芽生えてしまうのだ。

こんな抱かれ方に慣れたらチェスターの企み通り身体は支配されてしまうだろう。サラは必死に意識を保とうと、シーツを握り締めて爪を立てる。

チェスターは飽きることなくサラの中に自分の欲を流し込むと、甘ったるい声で名前を呼び、シーツではなく自分に縋りつくように指示してくる。

「いやだ、もうやめて……」

首を横に振るサラに、チェスターはニヤリと笑った。

「なら、強制的に抱き着いてもらう」

繋がったまま身体を抱き起こされて、ベッドの端に腰をかけたチェスターと向かい合うように抱き直される。

この状態でチェスターが前方に身体を倒せば、サラの背後は床になる。落ちて頭をぶつけないようにするためにはチェスターの首に腕を巻き付けるしかない。

まんまと目論見《もくろみ》に嵌まって縋りつくと、満足げな顔をしたチェスターはそのままの状態でサラの身体を突き上げ始めた。

自分の体重がかかっているせいでいつもより深い場所に先端が当たり、そこへの刺激に身体がビリビリと痺れる。もう言葉すら紡ぎ出せなくなって、感じるままに喘ぐと、絶頂への扉が開いて、サラは全身を大きく痙攣させた。

力が抜けて首に巻き付けていた腕が解けてしまうと、倒れないように腰に腕が回され支えられる。

身体の筋肉がビクビクと震えて止まらない。

やがて、ぐったりとしたサラに唇が寄せられる。顔を逸らしたのは意地だった。けれどサラの拒否をチェスターが許してくれるはずがない。

「まだ立場が分かっていないようだな」

冷たい瞳がサラを捉えた。

動かない身体をベッドの上に横たえられ、後ろから腰に腕を回されお尻だけを突き上げるような格好をとらされる。屈辱すら感じる体勢に身を捩るが、逃げることはできなくて目の前のシーツに噛みついて悔しさに耐えた。

「っん……っ」

けれど、甘い声を封じ込めることはできなくて、チェスターの思うままに身体を侵略されてしまう。

快感に底はないのだろうか？　何度絶頂を迎えても、もう無理だと思っても、尽きることなく身体が熱を持ってしまう。

（力が……入らない……）

疲れのせいで思考が鈍り、与えられ続ける快楽がジワジワと自我を浸食し始めているのかもしれない。

「あ……あぁ、そこ……だめっ……」

「そうか。サラはここが好きなんだな」

「違っ……っんぁ、はん……」

後ろからサラを抱くチェスターは、身体を倒して彼女に覆い被さると、無防備な耳に舌を這わせ始める。

耳たぶを啄まれ、軟骨を甘噛みされて喉を鳴らす。涎と涙で濡れたシーツに頬を押しつけ甘い痺れの波に逆らおうと足掻くけれど、チェスターはサラの小さな反抗さえも許さなかった。

激しく腰を打ちつけられ、指先で花弁についた突起を弄られる。

「ひぁっ！　あっ……」

痺れが容赦なくサラの身体に教え込まれていく。

強過ぎる刺激は怖いのに、何度懇願してもチェスターは止まらない。

静かな部屋にサラの喘ぎ声だけが虚しく響く。

意志を無視されて自分勝手に抱かれる行為は、サラの心に深い傷を刻む。

手酷い裏切りに絶望を感じて涙が止まらないが、心の底からチェスターを嫌いにもなれない。

こんなことをされて、しかも閉じ込められてまでいるのに、チェスターを憎むことができないのは何故なのか。

無理やり答えを見つけるとしたら、チェスターの瞳の奥に孤独の色が浮かんでいて、サラに必死に縋っているように思えてしまうからかもしれない。

最奥にまた熱を注ぎ込まれる。チェスターはベッドに倒れ込んだサラにキスをすると、壊れやすいガラス細工に触れるような手つきでサラの頬を優しく撫でた。

娼婦として抱くのなら、大切な人を愛おしむように触らないで欲しい。やるだけやって放置してくれたら、捨てることのできない恋心も消し去ることができるのに。

サラはそう思いながら、涙で濡れた瞳を閉じた。

6章

連れ込まれてからどれだけの時が流れたのだろう。

チェスターと顔を合わせるたびに抱き潰されているせいで体内時計も狂ってしまっている。今が朝か夜かも分からない。

気だるい身体に鞭打ってベッドから起き上がる。部屋の中にチェスターの姿は見当たらない。港へ出かけているのだろうか。

出港の準備だけでも多忙を極めているだろうこの時期に、疲れているはずのチェスターはサラを抱く手を緩めることもない。

こんな日が続いたらいつかチェスターは倒れてしまうのではないかと心配しかけて、サラは慌てて首を振る。

食欲は湧かないけれど、パンを千切って口の中に押し込み、無理やり水で流し込む。

いざという時のために体力を蓄えておいた方が良いというチェスターの助言も一理ある

と思っただけで、現状を受け入れたからではない。早くこの部屋から逃げ出す手段を見つけないと、もう間もなく船に乗せられてしまうだろう。

画期的な脱出方法は何も思い浮かばないが、船に乗せられるということは、一旦足枷を外されこの部屋から出ることになる。だから、体力をなるべく温存して船に向かう途中で逃亡のチャンスを窺えばいい。

問題は、チェスターも同じことを警戒して何かしらの手を打っているかもしれないことだ。

（……そうだ、従順になった振りをして、チェスターの警戒心を弱める方法はどうだろう）

単純だが、サラにできる最も簡単でうまくいきそうな方法だ。

ただ、今からで間に合うだろうか。いや、迷っている暇はない。少しでも可能性があるのなら何だって試してみる価値はあるはず。

そう自分を奮い立たせて、チェスターが戻るのをベッドに腰かけたまま待つ。

しばらく経って部屋の中に足を踏み入れたチェスターは、迎えに立ったサラに意外そうな顔を向けると「今夜は逃げないのか」とからかいを含ませた言葉をかけてくるから、素直に見えるように頷いた。

「立場を理解したの」

「それはよかった。なら出迎えのキスはもらえるかな？」

「……屈んで」

「喜んで」

腰を折ったチェスターの肩に手を置いて踵を上げる。

頬ではなく唇を選んだのは、その方がよりチェスターの警戒心を解ける気がしたからだ。

サラの読みは当たったようで、チェスターは久しぶりに緩やかに口元を綻ばせると、サラの腰に腕を回してキスを深めてくる。

さっきチェスターは「今夜」と言ったから、今は夜なのだろう。

身体を抱き上げられてベッドに降ろされる。チェスターはサラが動きやすいようにと床に落ちた鎖を引き寄せると、ベッドの下へ纏めて落とした。

「出港は明日。サラには夜の内に誰にも見つからないように船に乗ってもらう」

一度出港してしまえば再びこの港に戻ることは難しい。だから港を離れた後ならジェドや船員にサラの存在がバレても問題はないらしい。

途中で停泊する港で降ろされる可能性もなくはないが、船の持ち主であるチェスターが連れ込んだサラを船員たちが勝手に降ろすことはできないし、次の港は外国であるためサラの住んでいる国と言語が違う。さすがのジェドも、言葉の通じない場所にサラを一人残すような非道なことはしないはずだ。チェスターはそう考えているのだろう。

チェスターの計画を聞きながら、逃げるなら船が港を発つまでだと頭に叩き込む。

（何としてでも隙を見つけて逃げ出さなくちゃ。自分のためにも……チェスターのためにも……）

スカートの上に置いた手を握り締める。

チェスターはサラの小さな決意を静かに横目で捉えて、意味深に口角を引き上げて笑みを深めた。

「慣れない船旅は体力がいる。今の内にしっかり眠っておいた方がいい」

「分かったわ。そうする」

「聞き分けが良いな。今朝抱いた時とはまるで別人だ」

「立場を理解したって言ったでしょう。私は今、チェスターの娼婦だから、主人には逆らわないの」

チェスターの警戒心を解くために必死で従順な演技をする。

サラの作戦は功を奏したようで、チェスターはサラの頭をポンと撫でると、早く寝るようにと残して部屋から出て行った。

良かった。今夜抱き潰されずに済むなら、逃亡に必要な体力を残せる。

後は足枷が外されるのを待って、隙を見つけて逃げるだけ。

ベッドに横になりながらチェスターが連れ出しに来る時を待つ。次にチェスターがあの扉を開ける時がその時だろう。

（うまく逃げ出せるだろうか……）

強いプレッシャーに、心臓も胃も痛い。

少しでも身体を休めようと、なるべく楽な体勢を求めて寝返りをうったサラは、ふと、嗅ぎ慣れない甘い匂いを感じ、匂いの発生源を探そうと身体を起こした。

そして、ようやく自分の身体の異変に気づく。

（……あ、あれ？　全然力が入らない……それに、急に眠く……）

急激な眠気に恐怖が込み上げてくる。もしかしてさっき食べた食事に薬を混ぜられていたのだろうか。

いや、違う。自分がいつ起きていつ食事をとるか確実に予想することは難しいはずだ。なら、他の原因として考えられる可能性は甘い匂いだ。催眠効果のある薬草を焚かれたのなら、急激な身体の変化も説明がつく。

身体を必死に動かして香りの発生源をさがすと、部屋の隅にチェスターが来るまでなかった香炉《こうろ》が置かれていた。

（――、見透かされて……）

逃げ出す意志を捨てていないと思われたからこそ、チェスターはサラを眠らせる方法を採ったのだ。

ここで寝てしまったら本当に後戻りできなくなってしまう。

何とか香炉の火を消そうとベッドから転がり落ちて身体を床に這わせるが、本来なら手が届く場所のはずなのに、どうしてか鎖がピンと張って近づけない。

それもチェスターの仕業だった。

彼は、床の鎖を纏めるように寄せた時に、鎖の二か所を束ねて南京錠《なんきんじょう》で留め、短くなるよう細工をしていたのだ。

（まったく気がつかなかった……）

密室の部屋に甘い匂いが充満し、抵抗もできないまま深い眠りに落ちていく。

次に目覚めた時には、サラは船の中で寝かされていて、またしても逃げられないように足枷が嵌められてしまっていた。

（もう、終わりだわ……）

船の揺れを感じながら自分の無力さを噛み締める。今度の足枷は鎖の部分がかなり短くされているため、窓にもドアにも近づけそうにない。それどころかベッドから離れることもできそうになかった。

（このまま私はチェスターの愛人として……ううん、もう愛人にもなれない。金で買われた娼婦として囲われ続けることになるんだわ）

どうしてこんなことになってしまったのか。

チェスターにとって、サラは人ではなく物でしかなかった。

だからお金で買って、無理やり船に乗せたのだ。

愛しているという言葉も、ただの戯言だったのだろう。気分を盛り上げて、より興奮させるための手段として愛を囁かれ、それを馬鹿みたいに信じてしまった。

目頭が熱くなる。

じわじわと滲み出る涙は目の中に溜まり、静かに流れ落ちた。

嗚咽を零さないようにシーツに爪を立てる。

（どうしてこんなことになってしまったんだろう……）

サラの嘆きに応えてくれる者は誰も居なかった。

船室を見渡して使えそうな物はないかと探す。何か硬い棒状の物があれば鎖を外せるかもしれない。

最後まで諦めては駄目だと自分に言い聞かせながら、薄暗い船室を照らすランプの灯りを頼りに視線を巡らせると、纏めていたサラの荷物が運び込まれているのを見つけた。

あの鞄の底にはジェドからもらった小切手が入っている。チェスターに渡せば残りのお金は一生かけて働けば返せない額ではなくなるはずだ。

（……駄目だわ。鎖が短くて鞄に手が届かない）

やはり、まず足枷をどうにかする必要がある。

大声を出して助けを呼んでみたら誰か来てくれるだろうか。可能性はゼロではないが、波の音と出港前の忙しさの喧騒にかき消されてしまう確率の方が高い。

何か他に手段はないかと頭を抱えていると、船室のドアの鍵が開かれる音がして、サラはビクッと身体を跳ね上げる。

チェスターが戻ってきたのだろうか。身を固くしながら開かれる扉に意識を向けたサラは、現れた意外な人物に驚き、ポカンと口を開けてしまった。

これは夢なのだろうか？　サラの目が確かなら、扉を開けた人物の名はアンジェリカで間違いないだろう。

キョロキョロと視線を彷徨わせながら船室の扉を開けたアンジェリカは、ベッドに繋がれたサラを見つけると、大きな瞳を瞬かせ、ホッとしたように胸に手を当てて安堵の息を零した。

（どうしてアンジェリカがここに？）

そう考えたサラは、アンジェリカを船に乗せて故郷へと送るとジェドが言っていたことを思い出す。

けれど、何故チェスターが、サラを閉じ込めた部屋にアンジェリカの立ち入りを許可するのか疑問でならない。

チェスターはアンジェリカのことを慕っている。憧れの相手に裏の顔を見せるのは躊躇われるはずだ。

アンジェリカによく似た別人の可能性もあるが、彼女のような美女をもう一人用意することは難しいだろうから、彼女は正真正銘のアンジェリカ本人に違いない。

アンジェリカは周囲を気にする素振りを見せながら、サラに小声で話しかけてくる。

「チェスターは居ない？」

美しい人は声まで美しいのだと感心しながらコクッと頷く。

「良かった。見つかったらどうしようかと思っていたの」

「あの、えっと……」

「初めまして。私はアンジェリカ・ミーリック。チェスターの婚約者よ」

「婚約……」

「貴女は？」

「わ、私は……サラと申します」

「お会いできて光栄だわ……と言いたいところだけど、その足枷はチェスターがやったのよね。本当にごめんなさい」

部屋に入ってきたアンジェリカは、扉にしっかりと内鍵をかけるとサラの傍まで小走りでやってきて、可憐な仕草で両手を差し出してくる。

気後れしながらもサラは握手を交わした。

近くで見てもアンジェリカの美しさは変わりないどころか、近くで見れば更に美しさが際立つなんて、羨ましくてならない。

チェスターが一目で心を奪われる理由が嫌でも分かってしまう。

優しい花の香りを纏ったアンジェリカは口紅で色づいた唇に人差し指を当てて、静かにするようにと伝えると、深々と頭を下げてチェスターの非礼をサラに詫びたのだった。

「貴女を捜していたの。出航前に見つけられて良かったわ」

「捜していた？　私を？」

「そう。実は、チェスターの様子をおかしく感じて、人に頼んで様子を見張ってもらってたの」

「見張ってたって……」

「婚約者が夜な夜な出掛けていたら、誰だって不安になるでしょう？」

アンジェリカは睫毛を伏せると、悩ましげに吐息を零す。

「私、チェスターが貴女と浮気をしていると思っていたの。だから直接一言言いたくてここに来たんだけど……」

語尾を濁したアンジェリカは、言い辛そうに続きを口籠ると、口ほどに物を言う瞳をサラの足枷へと向けた。

もしサラが本当にチェスターの浮気相手だったとしたら、こんな鎖で繋がれる必要はないはずなのだ。

そう悟ったアンジェリカは、泣いたせいで目が真っ赤になってしまっているサラを痛ましそうに眺め、真実を知るためにサラにこう問いかけた。

「貴女は……無理やり閉じ込められているのよね？」

「……ごめんなさい」

サラはどう答えていいのか分からなくて、俯きながら頭を下げる。

「どうして貴女が謝るの？　悪いのはチェスターよ」

「……」

「貴女には本当に申し訳ないことをしてしまったわ。私が病弱で彼の欲求を満たしてあげられなかったのがいけないの。ベッドの上でいつも気ばかり遣わせてしまったから……」

確かにアンジェリカは無理をさせたら壊れてしまいそうな儚い雰囲気を持っている。

彼女は生まれながらに体が弱く、ずっと療養をしていたと聞いていた。

（やっぱり私は……アンジェリカの代役だったのね……）

アンジェリカを大切にしているからこそ無理をさせず、代わりにサラを使った。

そう考えてしまうと全てにおいて納得できてしまい、何の疑問も抱くことなく彼女の言葉を受け入れてしまう。

アンジェリカは健気に謝罪の言葉を繰り返すと、船の時計を見上げ、声を潜めた。

「サラ、聞いて。貴女は逃げたほうがいいと思うの。ここに居るのは貴女の意思じゃないんでしょう？　私が逃がしてあげる」

「でも、足枷が……」

「大丈夫。鍵はチェスターの上着からこっそり抜いてきてるの。私、身体は弱いけど結構お転婆だったりするのよ」

茶目っ気たっぷりの笑顔で隠していた鍵をサラに見せたアンジェリカは、重たい足枷の鍵を開けると、サラを手招きした。

思いがけない脱出のチャンスを受けて大きく頷いたサラは、床に置かれた荷物を摑んでアンジェリカの後を追いかける。

慌ただしく行き交う船員の目を盗みながら階段を駆け上り、船室から甲板へと最短で辿り付く。

外は降り始めた雨が船員の視界を妨げ、音までも隠してくれる、絶好の脱走日和《びより》だった。

船乗りたちにとっては憂鬱な雨が、サラにとっては幸運の雨だ。

後は船と港を繋ぐタラップを渡りきれば無事に地上へと降りることができる。

アンジェリカは積み荷の陰から港に指を向けた。

「向こうの建物の隙間が見える？　あの隙間の道は先が大きく折れ曲がっているから、船から死角になるの。だから港へ降りたらあの隙間を目指して走って」

「分かったわ」

「私に手伝えるのはここまで。本当にごめんなさい。チェスターのしたことは許してもらえないだろうけれど、それでも謝らずにはいられないの」

「いえ、私こそ助かりました。あの……私を逃がして大丈夫なんですか？」

「平気よ。チェスターが私を怒るはずないもの。私もチェスターを満足させられなかった負い目があるから婚約を解消することもしない」

「それを聞いて安心しました」

「ほら、早く行って。足もとが滑りやすいから気をつけて」

「はい。ありがとうございました」

「さようなら」

サラは大きく頭を下げて船のタラップに向かって走り出す。

雨に濡れた甲板はアンジェリカの言う通り滑りやすくなっていて、気をつけないと海に落ちてしまいそうだ。

それでも無事に港に降り立ち、周囲を警戒しながらアンジェリカの示した場所へ向かう。

船員たちはサラが船に乗せられていることを知らないため、すれ違っても特に気にされることもなかった。そうして、サラは予想よりもあっさりと逃げ出せたのだった。

＊　＊　＊

細かい雨の向こう側へと消えていくサラの姿を笑顔で見送り手を振っていたアンジェリカは、サラの姿が自分の指定した建物の隙間に入っていくのを見届けると、浮かべていた笑みを苛立ちの顔に豹変させる。

そしてサラに触れた手をハンカチでしつこいくらいに拭うと、船の端からそれを海へ放り捨てた。

「娼婦は娼婦らしく自分の巣に帰りなさい」

波の音や雨の音、そして喧騒がアンジェリカの言葉をかき消す。

「それにしてもチェスターはあんな小娘のどこが良かったのかしら。私が相手にしな過ぎて気でも狂ったとしか思えないわ」

雨を嫌って船内に戻ったアンジェリカは、壁に取り付けられた鏡に自身の姿を映して艶やかに微笑んだ。

＊　＊　＊

丁度同じ頃、サラは突然現れた男に行く手を阻まれ、背後から地面に押し倒されていた。わけも分からないまま後ろ手に縛りあげられ口を塞がれる。

倒れたせいで服も顔も泥で汚れて気持ちが悪い。

船から死角になるこの道は、大きく折れ曲がった造りのせいで、何が起きても港に助けを求められない場所でもあったのだ。

数メートル移動できれば港の船員たちが沢山いるのに、そのたった数メートルが命運を分ける。

どこからともなく現れた二人の男は、捕まえたサラの顔を無理やり上げさせると、下卑た笑い声を上げた。

「この女で間違いないか？」

「あぁ、間違いない」

「これで大金が手に入るな」

せっかく逃げられたのにどうしてこんな目に遭わなくてはいけないのか。

サラは男たちの話の内容から、たまたま運が悪くて捕まったのではなく、意図して自分を捕らえたのかもしれないと疑いを持つ。

けれど、首謀者もその理由も見当がつかない。

身を捩ってロープを解こうと何度も挑戦してみるが、強引に巻き付けられたロープは肌に食い込んで傷をつけるだけで終わってしまった。

これからどうなるのだろう。これまでのように幸運が降ってくるとは限らない。もう悪運も尽きて終わりかもしれない。

恐怖と悔しさと、この男たちを雇ったかもしれない誰かに強い恨みを抱く。

企ての成功をひとしきり喜んだ男たちは、サラが落とした鞄を手に取ると、断りもなく中を漁った。

「特に金になりそうな物はないな」

「何だよ。きれいな格好しているからどこかの令嬢かと期待していたのに、金に変えられそうなのはこの女だけかよ」

「そう拗ねるなよ。この女はどうしようが好きにしていいと言われているんだから、身売りした金と成功報酬だけでも儲けものだぜ」

「それもそうだけどよ、もう少しいい思いしてもいいとは思わないか？」

「いい思い……ね」

一人の男の目が舐めるような目つきでサラを見下ろす。その意味に、サラはギクリと身体を強張らせた。

　それでも身体を押さえ込まれているせいで逃げることができず、血の気の引いた顔を男たちへと向ける。

「だったらこの女に楽しませてもらうか？　令嬢を犯せる機会なんて今を逃したら二度とねぇぞ」

「駄目だっつーの。こういう付加価値のある女は初物のまま売った方が高くなる。楽しむのは悪くないが、オレらが犯したせいでもらえる金が減るのは嫌だろ」

「初物じゃなかったら？」

「そりゃ今すぐ犯すべきだな」

「だったら指でも突っ込んで試してみるか」

「んん！　んっ！」

「こら暴れるんじゃねぇーぞ」

「そうそう。嫌でもこれから男に突っ込まれる生活を送るんだから、お高くとまってないで観念して脚を開きな」

　大の男に二人がかりで地面に押さえつけられ、脚を強引に開かされる。

「んー！　んー」

　口に布を突っ込まれ、更にその上から二重に布を巻き付けられているせいで悲鳴はくぐもった音にしかならない。

必死の抵抗も空しく、ドレスを強引に捲りあげられてしまう。露になる太ももに男たちの視線が注がれて嫌悪感にきつく目を閉じた。

このままこの男たちに犯されてしまうのだろうか。

恐怖に身を引き攣らせ、絶望に大粒の涙を流した時、コンコンと建物の壁を叩く音が聞こえて来た。

存在を主張するための音に男たちが反応する。

そこには胡散臭い格好のイヴァンが立っていて、煙草の煙を揺らめかせていた。

「ちょっとお待ち下さいな旦那方」

イヴァンの制止の声にサラは恐る恐る顔を向けた。

傘を片手に煙草を吹かすイヴァンは、獲物を横取りされまいと敵意を向ける男たちに対してヘラリと緊張感のない笑みを浮かべる。

ナイフの先を突きつけられても顔色一つ変えないイヴァンは、懐からいつもの赤い紙マッチを取り出すと男たちに恭しい動作で差し出した。

「警戒しないでくだせぇ、オレはこういう者でして、旦那方の同業みたいな者ですわ」

「同業者だと？　胡散臭い奴だな」

「……おい、待て。そのマッチの噂は聞いたことがある。その男が噂通りの人間なら、闇市にこの女を売るよりもはるかに高い値段で買い取ってもらえるぞ」

「そうなのか？」

「オレが気に入った女なら……という条件が入りますけど、その噂は事実ですよ」

「ならこの女はどうだ？　まだ犯していないから初物だ」

「そうだ。ハンコックの船から降りてきたどこかの家の令嬢だ。家柄は分からねえが、身なりが上等だからそれなりの価値があるんじゃないか？」

「この通り、着ている下着も手の込んだ刺繍がしてある」

男たちは目の色を変えてイヴァンを傍に寄せると、捲りあげたままのスカートから覗く下着の柄まで丁寧に教える。

どれだけの付加価値をつけられるかで買い取りの金額が変わるから、男たちは必死だ。

もちろんサラは令嬢ではないどころか、元々はチェスターに買われた娼婦なのだけれど、この男たちがその経緯を知るはずはないから、見た目だけで判断しているのだろう。

イヴァンは悩むようにサラを見下ろしていやらしい笑みを浮かべた。

「残念ながらこのお嬢ちゃんは初物ではありませんよ旦那。あらゆるところに男の印がつけられてるじゃないですか」

イヴァンは肌に残されたチェスターのキスマークを指摘する。

カァッと顔を赤らめるサラに対し、男たちはあからさまにがっかりとした様子で肩を落とした。

「それでも令嬢の娼婦は珍しくて客がとれますからね。これくらいでいかがですかね」

そんな彼らに向かってイヴァンは指を五本立てた。がっかりした矢先のイヴァンの提案に、男たちは色めきたつ。

人身売買の相場を知らないから高いか安いか、サラには判断できないが、喜ばれたということは相場よりも高い値が付いたのだろう。

(とりあえず助かった……の？)

イヴァンは、男たちにサラの運搬を頼んだようで、サラは縛られたまま男に担がれてイヴァンの売春宿に入る。

そして、泥まみれになった荷物をサラに投げ寄越すと、男たちはイヴァンから金を受け取り意気揚々と去っていった。

サラは投げ寄越された荷物を受け取り立ち竦む。

荷物を返してくれたのは善意ではなく、あの場に残したら足がつくからだろう。

ただ、サラにとっては幸運だった。

本の間に隠した小切手は奪われずに済んだから、チェスターへの返金に充てることができる。足りない分は身体を売って稼がなければならないため、売春宿に戻されて丁度良かった。

騒ぎを聞いて姿を現したローズマリーが、売春宿に戻ってきたサラを見つけると、静かに顔を背ける。

「どうして戻って来たの。戻ってこないで欲しかったわ」

ローズマリーの拒絶に似た言葉に、隠しごとが苦手なサラは表情に不安を出してしまう。

感情の読み取れない冷たい瞳のローズマリーは、「サラは私たちの希望だったのに」と寂しそうに続けた。

イヴァンの売春宿は娼婦への待遇は悪くないが、イヴァン自身が良い人というわけではない。かかった経費も起きてしまったトラブルへの解決金も容赦なく上乗せされてしまう。そのため、借金の額は思うように減ってはくれず、いつまで経っても自由は訪れない。だからこそ彼女たちは、この地獄から救い出してくれる男を捕まえたサラを希望だと表現したのだ。

頑張り続ければ自分も売春宿から抜け出せる。サラの存在が娼婦たちを勇気付けたのに、サラが戻ってきてしまったせいで彼女たちを落胆させたらしい。

「……ごめんなさい」

「私たちが勝手に期待しただけだから気にしないで。それよりも早くその泥を洗い流した方が良いわ」

「うん……あの、ローズマリー」

「何か？」

「私、元々娼婦から救い出してもらったわけじゃないの。お金で買われただけ。だから……」

サラの力のない声に、先に歩き出していたローズマリーが足を止める。

「だから何？　好きな男にお金を出してもらえるなんて幸せじゃない」

「だってお金で買われたってことは物扱いされたのと同じでしょう？　そうじゃないの？」

「そう思いたいのなら思っておけばいいわ。サラがどう考えようが私には関係ないもの。ただ、もし私がサラの立場だったら、私は泣いて喜ぶわ」

「……よく、分からないわ」

「すぐに分かるわ。サラがこれから知るのは救いのない地獄だけ。好きな男に抱かれたアナタは、見知らぬ男に抱かれる苦痛に耐えられるかしら？」

「どうして、私が好きな男に抱かれてたって知ってるの？」

「サラがとても幸せそうな顔をしてるからよ。それに、サラの男がイヴァンに会いに来たのを見てたの。サラに興味を示すイヴァンにすごい剣幕《けんまく》で怒ってた」

「チェスターが……」

「どうして戻って来たかは聞きたくないから言わないで。ただこれだけは言っておくわ。サラはその男から離れるべきじゃなかった。手放した幸運は二度と取り戻せない」

「…………」

ローズマリーの言葉には強い説得力があって、サラはゴクリと唾を呑み込んだ。

お金で娼婦として買い取られるなんて誰だって嬉しくないはずだ。けれどローズマリーは喜ぶと言う。

一体何が正しかったのだろう。

つらつらと考えているうちに浴場につく。今は誰も使っていないようだ。中に入り、お湯で泥を洗い流しながら頬に残った涙の跡も指の腹で拭い、曇ってしまった鏡を濡らして自分の顔を映し込む。

（……酷い顔してる……）

泣いたせいで目元は腫《は》れているし、男たちに襲われた時についたのだろう擦り傷もある。チェスターが見たら驚くだろうなと考え、もうチェスターはこの港街から去っているのだと思い出す。

窓の外では先ほどよりも強くなった雨が激しく地面を打ちつけている。分厚い雲に太陽が隠されているので時間の判断は難しいが、出港予定だった正午がとっくの昔に過ぎていることだけは確実だった。

もう会えない。二度と会えない。

何度も言われて覚悟はできていたはずなのに、胸が潰れそうなほどに苦しくて息が詰まる。

自分の意志で出てきたはずだった。それでも、想像以上に寂しさに襲われてしまっている。

（好きだった。本当に……心から、大好きだったのに……）

この感情は愛と呼べるものだったのかもしれない。傍に居過ぎて気がつかなくて、離れてようやく知ることができた。

この気持ちはとても儚くて尊い。

でも、死にそうなくらいに悲しくて涙が止まらない。

人の心はこんなに辛い気持ちに耐えられるのだろうか。壊れてしまわないのか。壊れられた方が楽なのかもしれない。

（チェスターは今頃どうしているんだろう。私が逃げたと知って何を思ったのかな……）

切なさを噛み締めるけれど、チェスターにお似合いのアンジェリカが彼の傍で可憐に微笑む姿を想像して、もう忘れられてしまっているかもしれないと苦笑した。

未練たらしく思い返すのはもう止めよう。二度と出会えない相手を想い続けていても辛いだけ。自分はこの売春宿で娼婦としてお金を稼がないといけない。

これから忙しくなりそうだ。

悲しんでいる暇がないのは今のサラには丁度良かった。忙しければ忙しい分だけチェスターのことを思い出さずに済む。

想いを断ち切るように深呼吸をする。

少し冷静になったサラは、ふと気づいた。

それにしても、チェスターはアンジェリカのことを幼馴染のように紹介していたくせに、いつの間に婚約までしていたのだろう。

関係が進んだのは、やはり今回の久々の逢瀬に感情が燃え上がったのだろうか。

お風呂から上がってタオルで身体を拭い、生乾きの髪に櫛《くし》を通す。

イヴァンに言いつけられた通りに肌に化粧を乗せながら、サラは、胸の奥に突き刺さっていた違和感に今更ながら気がついた。

サラの記憶が正しければ、ジェドはチェスターの女嫌いは治っていないと言っていた。だからまだ女性には触れられないはず。

それなのにアンジェリカはサラにチェスターと身体の関係があるように匂わせた。

これはどういうことだろう。二人の会話の食い違いは片方が嘘をついていることにならないだろうか。

（いいえ……どちらかが嘘を言っていたとしても、私にはもう関係ないわ）

それよりも今はイヴァンが待っている。これから娼婦としての抱かれ方を教わる予定だから、しっかり勉強して客を取れるようにならないといけない。

用意された下着を着け、肌が薄らと透ける素材で織られたひざ丈のキャミソールを着る。

ベビードールとも呼ばれる派手な装飾の施された下着は、可愛らしくて色っぽいと貴族の男にも女にも好評なのだそうだ。

イヴァンのもとへ向かう廊下ですれ違った娼婦たちが同情の言葉をかけてくるのは、サラが出戻ったことへの励ましだけでなく、これからイヴァンの調教を経験しなければならない哀れみからだろう。

しかし、自分はもう処女ではないし、チェスターに開発されてしまっているから、それほど辛い思いはせずに済むはずだ。

だが、呼び出された部屋へとたどり着いたサラは、ありとあらゆる大人の玩具に埋め尽くされた光景に踏み出した足を止めてしまう。

顔を引き攣らせるサラを見てイヴァンは楽しそうに笑うと、違和感を覚えるほど重厚な造りの内鍵をかけた。

まるで金庫に使うかのような鍵が取り付けられているのは、外側からも内側からも勝手に開けられないようにするためだと悟ってしまい、背中に一筋の冷や汗が流れた。

「来いよサラ。ようやくお前を抱くチャンスが巡って来て興奮が止まらないんだ。しばらくこの部屋から出られると思うなよ。快感に狂わされる楽しみを教えてやる」

「あの……イヴァン、趣味が悪いわよ」

「よく言われる」

「直そうよ」

「無理だな。性癖はそう簡単に変えられない。オレの趣味は気の強い女を堕とすこと。泣いて嫌がる女を喘がせること。それと、誰かの大事にしている女を奪うことだ」

「……最低ね」

「それもよく言われる。お前はその全ての条件を満たしている。手を出す前にあの若旦那に囲われて悔しい思いをしていたが、我慢した甲斐があったってもんだ」

壁に取り付けられた鎖や手枷を無理やり視界に入れないようにしながら、特注だろう大きなサイズのベッドに近寄ると、イヴァンに値踏みするようにじっくり眺められた。

「女の色気が出てるな。あの若旦那にはどれくらい抱かれたんだ？」

「言いたくないわ」

「従順じゃないところが最高にいいな。まずは若旦那に教わった通りにオレを喜ばせてみろ。仕込むのはその後にする」

イヴァンはそう宣言すると、ベッドに腰を下ろしてしまう。

「えっと……」

サラは困ったように視線を彷徨わせた。

サラはいつもベッドに連れ込まれて与えられる快感に喘ぐだけで、特に何もしていない。だから好きなようにやれと言われても動けない。

「お前、どれだけ若旦那に甘やかされてたんだよ」

立ち竦むサラを不審げな顔で見上げたイヴァンは、意味を悟ったのか小声で呆れたような愚痴を漏らした。

「甘やかされてはいないと思う」

「アホ言うな。この店で働く娼婦たちは寝転がった客のを口で咥えて勃たせたら、自ら跨がって腰を振る。どうせお前は若旦那に全部やらせていたんだろう？」

「そ、そんなことまでするの？」

「そんなのまだ序の口だ。要望があればもっとすごいこともするんだぜ。身体を売る商売は、客を喜ばせてなんぼなんだよ」

「…………」

「おら、突っ立ってないでさっさと跪け」

「わ、分かったわ……」

指示通りにイヴァンの傍まで近寄り、床に膝をついてズボンに指をかける。

他人の、しかも男のズボンを脱がす経験などないため、視線を思い切り逸らしながら服越しにも硬くなっているのが分かるイヴァンのモノを取り出した。

間近で男の性器を眺めることも初体験なら、口で咥えろと言われるのも初めてで本能が拒否反応を起こしてしまう。

ローズマリーは見知らぬ男に抱かれることを苦痛だと言った。イヴァンは見知らぬ他人ではないが、それでも躊躇して先に進むことができない。

これが娼婦の仕事なら、自分は呆れるくらい甘く考えていた。

「サラ」

急かすように強い口調で名前を呼ばれる。娼婦としてお金を稼ぐためには喜んで咥えなければならないと言われて何度か気持ちを奮い立たせてはみるけれど、開いた口を寄せては躊躇い、身体を後ろに引いてしまう。

イヴァンは面倒くさそうに自身の髪の毛を掻くと、咥えさせることを諦めたのか、サラの身体をベッドに抱き上げ組み敷いた。

乱れた髪の毛がシーツに散らばる。寄せられる唇から逃れるように、サラは腕でイヴァンを突っぱねた。

「……お前、自分の立場を忘れたのか？」

「わ、忘れてない、けど……身体が勝手に」

「腕をどけろ。キスができない」

「……っ……」

「良い子だ。ついでに、今からお前を抱く男の名前を呼んでみろ」

「……イ、イヴァン…」

「そうだ、間違えないようにもう一度呼んでおけ。これからお前を犯すのは若旦那じゃない。このオレだ」

「イ、イヴァ……んっ！」

ギリギリまで顔を寄せられて名前を呼ばされるが、言い切る前に唇を奪われた。

当たり前のように舌が入り込み口内を犯される。

握り締めた手に力を込めて堪えようとするのは、嫌悪感が身体を駆け巡るからだ。

(気持ち悪い……何でこんなに気持ちが悪いんだろう)

得体の知れない生物が口の中に入り込んだような感覚がして全身に鳥肌が立つ。

やり方だけでなく、匂いも違う。イヴァンの唾液に混じる煙草の匂いがチェスターとは別人なんだと主張しているかのようで、目尻から涙が溢れ落ちた。

ここまで来てようやく自分の認識の甘さを自覚する。好きな男に抱かれる幸せを経験しているからこそ、金で身体を売ることがより辛くなるのだ。

「ぁ……イヴァン、待っ……止めて……」

「無理だな。それよりもっと抵抗しろよサラ。嫌がる女を快楽に堕とすほど楽しいことはない。今、誰を思い浮かべて抱かれてるんだ？」

「っ……」

「すげぇな。身体のどこもかしこも若旦那の所有印だらけだ。あの澄ました顔の坊ちゃんから女を寝取れるなんてゾクゾクする」

「やぁ……ふっ……」

「若旦那に助けを求めてもいいんだぜ。だが、どれだけ叫んでも誰もお前を助けには来ない。それより教えろよ。若旦那はお前をどう抱いたんだ？　あの男しか知らない場所にオレのモノを突っ込まれたらどう思う？」

指先が下へ下へと降りて、力を入れて閉じている脚の隙間に滑り込む。

イヴァンがわざとチェスターを思い起こさせる言葉を言い続けるから、嫌でもチェスターを強く思い浮かべてしまってイヴァンと比較してしまう。

他の男を想う女を抱きたいがためにチェスターの存在を利用している。

己の性癖を満たすためだけのイヴァンのいやらしいやり口は、一番触れて欲しくない心の弱い部分をいとも簡単に傷つけた。

抵抗しようと力を込めて身体を押し返すが、関節を押さえ込まれる。何をしてもイヴァンの下に連れ戻されてしまった。

「っ……ぅ……」

「嫌がってるくせに身体は正直だな。分かるか？　オレの指を美味しそうに咥え込んでる」

「違……っ……ぁ…」

「目を閉じていいと言った覚えはない。相手が誰なのかをしっかりと見るんだ。若旦那じゃなく、このオレの姿を目に焼き付けろ」

「そ、んなの…やだ……」

「いいねその泣き顔。最高だ」

チェスターにしか触れられたことのない場所をイヴァンに弄られ、容赦なく攻め立てられる。

嫌なのに、快楽を覚えた身体は勝手に反応してしまい愕然とした。

（こんなの嫌だ）

快楽の耐え方なんて分からなくて、太ももに力を入れてイヴァンの愛撫を止めようとしてみたが、さらに指先をねじ込まれるだけで意味はなかった。

「顔を背けるなサラ。オレを見ろ」

「……っ…」

「目を閉じて他の男を思い浮かべるのは禁止だ。何ならもう一度、誰に抱かれるのか答えてみるか？　ほら呼べよ。若旦那に大事にされたお前を滅茶苦茶に犯す男の名前を呼べ」

グイッと親指の腹で突起を強く押されて、名前を呼ぶように強要される。

イヴァンと素直に言ったなら、もしかしたら自分への興味が薄れて手を抜いてもらえるかもしれない。

自分を守るためには嘘は有効だ。気が強くて反発する女がイヴァンの好みなら、素直に指示に従う女はつまらないはずだ。

そう考えたサラは、何度かイヴァンと名前を言いかけては口を横に引き結ぶ。

（どうしよう……言えない、言いたくない……）

どうしてもチェスターの存在が消えなくて、強く目を閉じて大粒の涙を流し、ヤケクソに叫んだ。

「嫌！　チェスター以外に抱かれたくない！　チェスターじゃなきゃ嫌！」

サラの選んだ答えは状況的には不合格だが、イヴァン的には合格だった。

他の男を想う女を寝取ることに興奮を覚えるイヴァンにとって、チェスターに助けを求めたサラは最高の獲物なのだろう。

獰猛な笑みがイヴァンの顔に浮かぶのを見て恐怖を煽られる。

イヴァンは舌を出して自身の下唇を舐めると、狂気に染まった瞳でサラを見下ろし、ゆっくりと手のひらを彼女の頬へと伸ばした。

その時、バンッ!!　と大きな音が部屋に響く。

突然の鈍い音に驚いて涙に濡れた目を開くと、サラを組み敷いていたイヴァンが不機嫌な眼差しで扉を睨みつけていた。サラも音のする方へと顔を向ける。

売春宿ではオーナーのイヴァンが絶対的な存在だから、逆らえる者は居ないはず。けれどイヴァンの意に反して扉をこじ開けようとする音は止まらない。

誰がやっているのかまったく想像できなくて自分とは関係のないトラブルでも起きたのかと思ったが、かすかにサラの名前を呼ぶ声が聞こえてきて大きく目を見開いた。

それはサラのよく知る人物の声だった。

（どうして……）

出港の時間はとっくに過ぎていて今頃は大海原へ漕《こ》ぎ出しているはずなのに、どうしてチェスターの声がするのだろう。

サラの弱い心がつくり出した幻聴かもしれない。他の人の声をチェスターの声だと思い込んでしまっているのかもしれない。

けれど、もうこの街にチェスターは居ないと分かっていても名前を呼ばずにはいられなくて、サラは震える声を喉の奥から絞り出した。

「チェスター！　チェスッ…っん……」

必死で名を呼ぶが、すぐさま大きな手で口を塞がれて声が封じられる。

「無駄ですよ若旦那。その扉の鍵はいくら蹴っても壊れませんわ」

招かれざる客の乱入に舌打ちをしたイヴァンは、サラの上から退かぬまま、扉の向こう側に聞こえるように大声を出した。

（イヴァンにもチェスターの声が聞こえるんだ。この声は、幻聴じゃない……）

チェスターは、イヴァンの言葉に納得したように扉を蹴る足を止めたが、次の瞬間、耳をつんざく銃声が鳴り響いた。

連続で何発も撃ちこまれ、頑丈につくられていたはずの鍵は耐えきれず施錠の役目を放棄する。

火薬の焼けた匂いが鼻孔をくすぐった。

「室内でぶっ放すものじゃねぇーぞ」

初めて聞いた拳銃の爆音に驚き身を固くするサラの耳に、イヴァンの独り言が届く。

ドアノブごと鍵を吹き飛ばされた扉が外側に開き、客人の姿が露になった。

暗闇を照らすかのように美しい金色の髪が揺れた。

心の底から求めていたその姿に、サラの目頭がじわりと熱くなる。

幻でも夢でも良い。チェスターにまた会えるのなら、何だって構わない。

分厚い革靴で絨毯を踏みつけながら部屋に足を踏み入れたチェスターは、ベッドの上でイヴァンに組み敷かれたサラの姿を目にすると、空気が震える程に怒気を強めた。

憎しみの込められた眼差しには、逆らうことを許さない迫力があり、睨まれていないサラまでも唾を呑み込むことすら躊躇ってしまう。

けれど、いくつもの修羅場を潜り抜けて売春宿のオーナーまで上り詰めたイヴァンはわ

ずかに額に汗を滲ませながらも喰えない笑みを浮かべていた。

「予告もなく銃を使うだなんて危ないじゃありませんか。下手をしたらオレだけじゃなくサラにも当たってたかもしれませんのに」

「当てないために声を聞くまで撃たなかったんだ」

「あぁ……サラの声の位置で居場所を判断したってことは、オレには当たっても構わなかったってことですか」

「そうかもな。サラから手を放せ」

一切の表情を消し去ったチェスターが威圧感のある一歩を踏み出す。

イヴァンは飛び道具を相手にするには分が悪いと踏んだらしい。サラの腕を掴んで身体を起こさせると、後ろから拘束してどこからか取り出した抜き身のナイフをサラののど元に突きつけた。鈍く光る刀身がサラの肌を掠める。

「どうしてオレがサラを連れ帰ったと分かったんですかねぇ」

チェスターはイヴァンの問いかけに、泥が付いた赤い紙マッチを床に投げ捨てた。

「争った痕跡のあった場所に落ちていた。お前がサラへの興味を失っていないことには気づいていたから、すぐに誰が犯人か分かった」

「なるほど」

「お前こそ小悪党のくせに知恵が回るんだな。どうやってサラを船から連れ出したんだ？」

「連れ出した？　何のことでしょう。オレがサラを見かけたのは陸地でしてね、乱暴な男に連れ去られそうだったから救い出しただけですよ」

「……お前じゃないのか？」

「若旦那の船など恐れ多くて忍び込めやしませんわ」

チェスターは、サラが船からいなくなった原因がイヴァンだと勘違いしていたようで、わずかに困惑の色を浮かべる。

嘘をつく意味のない場面だからこそ、チェスターはイヴァンが犯人ではないと悟ったのだろう。

けれど、それよりも先にやることがあると思ったのか、チェスターはイヴァンに銃を向けたまま撃鉄を親指で起こした。

「落ち着いてもらえませんかね。オレは若旦那が引き金を引く前にサラの首を切り裂いて道連れにする自信があるんですよ。それでもオレを撃ちますか？」

「サラはお前の店の娼婦じゃない。だから返してもらう」

「残念ながらそれは間違ってますよ。確かにオレはサラを若旦那に売った。けど、若旦那の管理が悪かったせいでまたオレに権利が戻って来た。欲しいのならもう一度売っても構いませんが、少々値が張りますよ」

「いくら欲しいんだ？」

「……そうですね、若旦那が所有する船を一隻譲っていただけませんか？　商品を取り揃えるために陸地の検問が邪魔で、航路を開拓したいと常々思っていたんですよ。できればハンコックの旗はそのままにしておいてください。若旦那の船なら役人の取り締まりも甘くなる」

「無茶苦茶な要求だな」

「オレの条件を断るのなら交渉は決裂で構いません。その場合でもオレにはお楽しみが残ってますから」

ニタリといやらしい笑みを浮かべたイヴァンは、ナイフを突きつけられて固まるサラの首筋に、見せつけるように舌を這わせていく。

「んんっ！」

口を塞がれているせいでくぐもった悲鳴しか出ない。ナイフが怖くてまともに抵抗することもできなかった。

悔しさと不甲斐なさに打ちひしがれながら、濡れた瞳をチェスターへと向ける。

チェスターはサラと視線が絡むとわずかに微笑みを浮かべた。彼のしようとしていることが分かり、駄目だと目で訴える。

イヴァンが指す商品とは娼婦のことであり、つまり人身売買ということだ。チェスターの貿易会社の船を使って犯罪行為が行われてしまったら、ハンコック家の信頼が失われてしまう。

だから、サラは首を横に振った。

チェスターと対等になりたいと思って売春宿に戻って来たのに、結局他の男に抱かれたくなくて大泣きした挙句、こんなことにチェスターを巻き込んでしまった。

自分はなんて馬鹿で役立たずなのだろう。これなら、大人しく愛人になっていた方が何十倍もチェスターの役に立てたはずだ。

悔しくて涙が止まらない。

イヴァンは、チェスターがどちらを選択しても己にとっては利になると確信しているから、余裕の態度でナイフを持つ手をちらつかせる。

チェスターは首を横に振り続けるサラを静かに見つめた。

「……サラの意見が聞きたい」

数秒の間を空けて、チェスターはサラの口から手をどけるようイヴァンに要求する。

ヘラリと笑いながら頷いたイヴァンは、サラの口を解放しながら、逃げられないように腕を腰に回して自分の方へ抱き寄せる。

分かりやすい挑発はチェスターの神経を逆撫でしたようだったが、だからと言って相手に付け入らせる隙を見せるような男でもない。

銃口をイヴァンの眉間に定めたまま、泣きじゃくるサラに落ち着いた口調で話しかけた。

「……大丈夫か？」

「チェ、スタ……ごめ、なさ……」

「サラ、ただ一つだけ答えが欲しい。オレにどうして欲しい？」

「……そ、れは……」

「サラがオレに助けを求めてくれるならどんな手を使ってでも守ってみせる。だから、サラを助ける理由を与えてくれないか？」

「っ…………」

「オレがサラにした仕打ちは謝っても許されないものだ。サラが抱いてくれていた信頼を壊したのは自分自身だったと、今更だが後悔している」

「…………」

「許してくれとは言わない。だから、これからのサラの人生のためにオレを利用しろ。今だけでいい。オレを頼って欲しい」

一言一言はっきりと紡がれたチェスターの言葉に、イヴァンが楽しそうに笑う。そして、「まるでお伽話みたいで感動しますわ。で？　お姫様は王子様の求愛を受けるのか？」

と、サラの耳元で囁いた。

「でも、よぉ～く考えろよサラ。若旦那はお前とは住む世界が違う。飽きられたらゴミ屑のようにポイっと捨てられちまう。もしかしたら故郷に本命を待たせていて、お前は航海中の性処理相手に選ばれたのかもしれないぜ。綺麗事に騙されるな。世の中は嘘と偽りと騙し合いに溢れている」

イヴァンの悪魔の囁きに、胸に黒い感情が湧き上がる。

女性に触れることのできないチェスターは、性欲を満たすためだけにサラを囲おうとしている。他に相手が見つからないから、自分みたいな何の価値もない女に執着しているだけ。

（そんなこと、言われなくても分かってる。チェスターにはアンジェリカが居て、本来ならば自分は必要のない人間で……）

けれど何の因果か、サラは彼と出会ってしまい、叶うことのない恋に溺《おぼ》れ、自業自得な悲しみに苛まれている。

イヴァンに答えを急かされるように、髪の毛を摑まれる。

チェスターはギリッと音が聞こえてきそうなほど奥歯を噛み締めながら、爆発しそうな怒りを抑え込んでいた。

「……わ、私は……」

泣き過ぎているせいでうまく言葉を紡げない。

サラはしゃくりあげながら、纏まらない気持ちをバラバラのまま吐き出していく。

「本当は……娼婦に、なりたくないっ……でも、愛人も嫌で……物扱いされたくもなくて……」

「…………」

「……だって、私はずっと…………チェスターのこと、好きで……」

嘘ではない。仕事を全うするためにチェスターを騙しているのでもない。

本当にチェスターのことが大好きだと胸を張って言えるから、身も心も委ねられた。

「助けてなんて……言えないよ……」

サラの答えにイヴァンが口角を持ち上げる。

「サラは若旦那に助けられたくないみたいですぜ。こんな場所にまでのこのことやって来たのに報われませんねぇ～」

言葉とは裏腹にイヴァンは嬉しそうだ。

人を小馬鹿にしまくった態度は偉そうで、誰が見ても不愉快な態度だろう。

しかしチェスターは動じなかった。その目を真っすぐサラだけに向け、ハッキリとした口調でこう告げる。

「オレが聞きたいのはサラの本心だ。『言えない』んじゃない。言っていいんだ。サラにはその権利がある」

「……っ…」

「オレが信じられないのなら何度でも言う。サラのために、オレの力を使いたい」

「チェス、タ……」

「サラを助けたいんだ」

チェスターの迷いない言葉が胸に届く。

その声にはサラを優しく包み込んでくれるような温かさを秘めていて、心の強がりがボロボロと剥がされていく。

この港街に逃げ込んで、色んなことがあった。楽しい記憶に嫌な記憶……思い出したくないこともある。

けど、チェスターはいつもサラに優しかった。

(どれだけ我儘を言っても、八つ当たりをした時だって……優しい笑顔で包んでくれたんだ……)

「いい加減にしてもらえませんかね。そろそろしつこいですよ若旦那」

見つめ合う二人を妨害するようにイヴァンの嫌みが発せられた。だが、そんな陳腐な嫌みはサラにもチェスターにも届かなかった。

サラは震える手をしっかりと握り締め、掠れてしまいそうになる声を必死に絞り出す。

「………けて……」

声は掠れて音にはならない。

どうしてちゃんと言えないんだろう。どうして肝心な時に情けないんだろう。そう心の中で嘆きながら、それでも諦めたくなくて、もう一度叫んだ。

「助けてチェスター！　私をっ、助けてっ！」

今度はちゃんと言えた。

そのことが嬉しくて感極まったサラは、身を捩りチェスターに向かって手を伸ばす。

「わ、私は、まだチェスターと一緒に居たい！」

なんて自分勝手なのだろう。それでも、これが本音だ。

「愛人だって構わない！　チェスターの傍に居られるのならどんな立場だって我慢する！だから、だから……」

助けて欲しい。

涙を流しながら叫んだサラの身勝手な気持ちを、チェスターはどう受け取ったのだろうか。

涙のせいでチェスターの顔が霞んで見えなくて、サラはうなだれる。

力尽きるように涙だけを零すサラに、チェスターが閉じていた口をゆっくりと開いた。

「分かった。必ず助ける」

優しい声色に、サラは睫毛を震わせ、顔を上げる。

背後からイヴァンの舌打ちが聞こえた。

チェスターはサラを宥めるように微笑むと、すぐに厳しい表情に切り替えてイヴァンへ向き直る。

「要求は全て呑もう。旗を付けたままの船一隻だったな」

「……いいんですかい？」

「その程度の損失でサラを助けられるのなら安いくらいだ」

「苦労知らずのお坊ちゃんはオレたち庶民と言うことが違いますね。一体何を考えているんですかい？」

「サラを無傷で取り戻すことだけを考えている」

「オレは目先の餌につられて簡単に騙されるほど馬鹿じゃありませんからね、サラの解放は船の権利書と引き換えが条件ですわ」

本当に助けを求めてよかったのだろうか？　チェスターに問いかけようとするが、サラが余計な口を挟むことで船の権利を失ったらたまったものじゃないと、イヴァンに口を塞がれてしまう。

チェスターは、その状態にまた眉間に皺を寄せ、鋭い目でイヴァンを見据えた。

「紙とペンはどこだ」

「この部屋にはございません。どこかに転がっているはずなので、使って悪いですが、若旦那が持って来てはくれませんかね」

「客人を使うとは常識のない主人だな」

「招かれていないのに室内で銃をぶっ放す若旦那に言われたくありませんわ」

お互いに一歩も譲らず動かない。

イヴァンはサラを取り逃がさないために、チェスターはイヴァンがサラに悪さをしないように、この場を離れたくないのだろう。

このままどちらかが折れるまでしばらく睨み合いが続くのかもしれないと思った矢先、別の声が割り入ってきた。

「安心しろチェスター。羊皮紙とインクなら俺が持って来た」

サラとイヴァンは、扉を振り返る。

そこには、仏頂面のジェドが立っていて、手にしている羊皮紙を見せつけるように軽く振ってみせた。

ジェドは悪趣味な部屋の内装を一瞥したが、すぐに興味が失せたのか近くの机の上に羊皮紙を置き、インクを浸した万年筆で文字を書き込んでいく。

そしてすぐさま船の譲与を認める書面を書き上げ、正式な書類だと証明するために使う印章を押すため、蜜蝋《みつろう》まで取り出したのだった。

火はイヴァンが机に置いたままにしていた煙草用の紙マッチが使われ、真っ赤な蝋を溶かして書面に落とすと、チェスターが指から引き抜いた指輪をジェドに手渡し、刻印が蝋に押しつけられる。

これで書類は完成だ。

出来上がったばかりの権利書をイヴァンに見えるように掲げたジェドは、チェスターの隣に並んで立つ。

「お望みの権利書だ。これでサラを返してもらえるんだろうな」

「もちろんですよ旦那方。でもオレがその書類を受け取るまでは動かないでもらえますかね？　じゃないとうっかりナイフが横に滑ってしまうかもしれません」

「警戒しなくても卑怯なことはしない。これが心配なら手放しておこう」

チェスターは手にしていた銃の弾を床に落とすと、本体まで部屋の隅に放り投げてしまう。

飛び道具が消えたなら、ますますイヴァンに有利になる。イヴァンはサラにナイフを突きつけたまま立ち上がらせると、権利書を受け取るようにサラに指示を出した。

　自分で手を伸ばすよりもサラに受け取らせた方が危険が少ないと判断したのだろう。不安に表情を曇らせるサラにチェスターが静かに頷く。

　まるで、心配ないと言われている気がして、躊躇いながらも差し出された書面に向かって手を伸ばす。

　しかし、サラの手が書類に触れる前にジェドから制止の声が上がった。

「待ってくれ。権利書とサラが引き換えなら、サラを買い取った証拠となる書面も渡してもらわなければ困る」

「そんなの後でお渡ししますよ」

「悪党を信用することはできない。書面が無理なら帳簿かリストでも構わない」

「見せられると思いますかい？　切れ者のロングフェローの旦那なら、意図を読み取ってくだいますよね」

　名指しされたジェドは指で眼鏡を押し上げる。

「不審な記録が見つかれば、人身売買や売春を斡旋した証拠になる」

「そういうことですわ」

「つまり、そういう書類は存在するんだな」

「そこまで深読みしないで貰えますかね」

　ジェドの名推理は図星だったのだろう。背後のイヴァンの表情を窺うことはできないが、声に呆れが混じっていた。

チェスターとジェドが目くばせをしあう。その光景を見たイヴァンは、サラの喉元に突きつけていたナイフを彼らに向けた。

「ともかく、サラの引き渡しは権利書を受け取ってから。この条件は譲れませんわ」

チェスターは小さく肩を竦める。

「だそうだ。どうするジェド。オレとしては第一優先はサラだからこのまま渡しても構わない」

「駄目だ。書面を渡してもらわなければ権利書を渡すことはできない」

「そこを何とかしてくれないか」

「取引は公平でなければ意味がない」

厳しい口調でそう断言するジェドにより、均衡は崩れないまま続くと思われた。

だが、その時——。

「そうだ。忘れていた」

ジェドがふと、わざとらしい声を上げた。そして、どこからか紙の束を取り出して、サラとイヴァンに見えるように掲げた。

「先ほどこんな物を見つけたんだが。よく見たら売春宿の顧客リストと娼婦たちに関する重要書類だった。見つけたことを今まですっかり忘れていた」

芝居じみた言動は、ジェドが本当は書類の存在を忘れてなどいなかったことを物語っている。

書面を突きつけられたイヴァンは息を呑んだ。

ジェドが持っている書類は絶対に他人に見つかってはならないものであり、イヴァンの犯罪を暴く証拠そのものだったのだ。

「何で、それを……」

初めてイヴァンに動揺が表れる。

ジェドはわざとらしい演技をやめて目を細めた。

「どんなに警戒心の強い人間でも必ず隙はできる。秘密は決して隠せない」

イヴァンは、ジェドの手にしている正真正銘の書類を信じられないような顔で眺めながら、ハッとしたように眉根に深い皺を寄せた。

「…ローズマリーだな……」

憎しみの込められた声でイヴァンが犯人の名前を告げる。

イヴァンは気がついたのだろう。自分の夜の相手をさせていたローズマリーが、イヴァンの秘密をずっと探っていたことに。

ローズマリーは密かにチャンスを窺っていたのだ。いつか自由を取り戻す日のために、ずっと牙を隠してイヴァンに従っていた。それは他の娼婦たちも同じだ。

ナイフを握り締めるイヴァンの手が怒りに震える。

「この屋敷が違法な売春宿だと役所に通報しておいた」

チェスターは蔑むような目でイヴァンを見下ろすと、凛《りん》とした声で淡々と告げた。

「この街の役人は、売春宿や娼婦について黙認しているところがあるが、ハンコックの人間が関われば話は別だ。この屋敷はすでに警察に取り囲まれていると考えてくれて構わない」

「証拠は全て俺の手にある。証言者も多いから得意の話術でごまかすのも無理だろうな」

「お前に残された手段は逃亡だけ。お前一人ならまだ逃げられるんじゃないか？」

「人質は足手まといだ。逃げ切りたければサラを置いてさっさとどこかへ消えろ」

チェスターとジェドの会話に、イヴァンが拘束したサラを睨む。

あまりの剣幕にサラは身体を強張らせたが、イヴァンには迷っている時間は残されていない。

先ほどのジェドの茶番劇は、警察が屋敷を取り囲むまでの時間稼ぎだったのだ。

イヴァンが投獄を逃れるためには、今すぐにこの場を離れなければならない。

サラを連れて行こうとすればチェスターたちの妨害に遭うのは確実だろうし、ジェドの言う通り、人質は足手まといになるだけ。

「……っ覚えてろよ」

イヴァンは悔しそうに陳腐《ちんぷ》なセリフを吐き出すと、サラの背中を押してチェスターたちへと突き飛ばしたのだった。

「わっ！」

足が竦んでいたために力が入らず倒れそうになるサラの身体を、チェスターが受け止める。

「ジェド」

「分かってる」

ジェドは逃げ出したイヴァンを追いかけるために走り出し、部屋にはサラとチェスターだけが残された。

当たり前のように受け止めてもらえたことが嬉しくて、サラはチェスターの首に腕を回して涙で濡れた顔を肩口に押しつける。

「……チェスター……ごめん、ごめんなさい……」

「サラは何も謝らなくていい。無事でいてくれて本当に良かった」

「た、すけてくれて、ありがとう……」

気が緩んで再び泣き出したサラの頭を、大きな手が優しく撫でる。

愛しい温もりが恐怖に凍った心を溶かすから、余計に涙が止まらなくなってしまう。

「この場所は直に警官に制圧される。だから、サラをオレの屋敷に連れ帰ってもいいだろうか？」

縋りつくサラを抱き直したチェスターにそう問われ、コクコクと何度も頷いた。

「一緒、がいいっ……愛人でも、いい……から、連れてって……」

「……落ち着いたら少し話をしよう。きっとオレたちは大きなすれ違いをしている」

首に縋りつくサラをそのままに抱き上げたチェスターは、周りを見回してソファーにかけられていたタペストリー調のカバーを剝ぎ取ると、サラの身体を隠すように身体にかけた。

チェスターから伝わる熱が布で保温され、身体だけでなく心まで温かくなるような気がする。

外はまだ少しだけ雨が降っていた。

けれど、明日の晴天を予感させるように、雨雲の隙間から一番星の光が地上を照らしていた。

7章

温かいお湯を手で掬い、涙でぐしゃぐしゃになった顔を洗い流す。

(今日は泣いてばっかりだわ)

イヴァンの売春宿から助け出され、まだ生活感の消えていない屋敷へ移動すると、チェスターは、ひとしきり泣かせてくれた後で、落ち着いて話し合いをするためにサラにお風呂を勧めてくれた。

他人に触られた自分が汚れてしまったように思えて、吐き気が込み上げて来る。

口元に手を当ててそれを堪えると、ようやく止まったはずの涙が滲んで、またお湯で顔を洗った。

そしてぼんやりと、これまでのことを思い出す。

(不思議……全然現実味がない)

まるで夢の国に迷い込んでしまったかのようだ。

もし本当に夢を見ているのだとしたら、夢の始まりはどこなのだろう。船から逃げ出した時？　それともチェスターに閉じ込められた時？　借金取りに追われて初めてチェスターと出会った時だとしたら、それはそれで面白いかもしれない。

濡れた髪を指先で梳かしながら、自分が少しのぼせていることに気づいてお風呂から出る。

分厚いタオルで濡れた身体を拭き、服を探すと、お気に入りだと宣言していた花の刺繍の入ったワンピースが目に入り、急に夢から現実へと引き戻される。

初めての二人きりでのお出かけは楽しい思い出しかなくて、風の匂いや波の音まで今でも鮮明に思い出せる。

夢なんかじゃない。チェスターとの今までを夢だったことにしたくない。

（ちゃんと話し合いをしよう）

何を言われるか分からないから怖いけれど、今勇気を振り絞らなければ一生後悔する気がする。

ワンピースを持つ手に力を込めて、肺の中にある空気を全部吐き出し、酸素と共に勇気を取り込んだ。

（……行こう。チェスターのところへ）

強く決意をしてリビングへと戻るが、いざチェスターを前にすると、怖気づいて顔を俯けてしまう。

視線を肌に感じながら、慌てて話題を探したが、結局何も思い浮かばず静かに唇をつぐんだ。

「……次の街に行ったんじゃないの？」

ようやく発したサラの言葉はわずかに震えていた。

「……立ったままだと落ち着かないだろうから、座って話をしよう」

「……うん」

意を決して顔を上げ、座る場所を探す。

チェスターは部屋の窓際のソファーに座っていた。真面目な話し合いをするのなら、机を挟んで対面に置かれたソファーに座るべきだろう。他にも椅子は置かれてあるし、選びたい放題だ。

だが、サラはまっすぐにチェスターの膝の上に乗り、そのままギュッと抱き着いた。

理由なんてない。ただ気がついたら引き寄せられていただけだ。

チェスターは予想外のサラの行動に少し驚いたように息を呑む。

自分がサラに酷いことをしたと自覚しているからこそ、まさか抱き着かれるとは思いもしなかったのだろう。

「……ダメ？」

肩口に顔を埋めて弱々しい声で甘えるサラに、チェスターは小さく首を横に振る。

そして腕をサラの身体に回してしっかりと抱き寄せてくれた。

「駄目じゃないが、サラは大丈夫なのか？」

「……私は、このままがいい」

（温かい。チェスターの匂いがする……）

二度と会えないと別れを覚悟したからこそ、この温もりがとても愛おしくて、一ミリたりとも離れたくなくなってしまう。

互いが互いの存在を確かめるように強く抱きしめ合い、幻のように消えてしまわないことに安堵した。

「……どこから話すべきなのだろうか。聞きたいことも多過ぎて頭の中が整理できていない。だが、まずは謝らせて欲しい」

「謝罪はいらないわ」

「サラ……」

「しないで。謝って欲しくない」

「……分かった。なら、何から話そう」

チェスターが微かに笑った気配がする。

必死に縋りつくサラを宥めるように、優しく背中を擦られて、少しずつ身体から力が抜けていく。

「チェスターは、どうしてまだこの街にいるの？」

「ジェドに頼み込んで、出港の時間を遅らせてもらった」

「……ジェドにどんな説明をしたの？」

「もちろん真実を話した。ものすごい勢いで怒鳴られて、サラはオレから逃げたのだから追うべきではないと諭《さと》された」

「…………」

「でも、それでも諦められなかったんだ」

背中に回る腕に力が籠もる。

出港を遅らせるにはそれなりの理由が必要だ。

チェスターはよほどのことがなければ仕事を優先するジェドに遅延の許可を得るために、サラを無理やり船に連れ込んだことを正直に話した。

そして、サラが乗らなければ自分も船には乗らないと告げた。

「サラを見つけてもう一度説得をしたら船に戻ってくれるかもしれない。希望は薄かったが望みを捨てられなかった」

「それで、ジェドが折れてくれたの？」

「ああ。乗組員には手違いで出港許可が遅れていることにして、少しだけ猶予をもらえた」

チェスターの話は続く。

制限時間の中でサラを捜しに出たチェスターは、焦りながらもいくつかの疑問を感じていた。

サラが足枷を外した方法ももちろんだが、船に乗ったことのないサラが船内を迷わずに短時間で脱出を果たしたことや、目撃情報の少なさが不審でならなかった。

もしかして第三者が絡んでいるのではないか……この街に来たばかりのサラには知り合いがほとんどおらず、しかも閉じ込められていた状況で誰かに助けを求められるとは考えにくい。自力で逃げ出したのでなければ、連れ去られた可能性がある。

チェスターの脳裏にすぐさま浮かんだのはイヴァンだ。

そして疑惑を深めていた時に、情報を集めていたジェドが、近くで人攫《ひとさら》いを見たという老婆の証言と、争った形跡のある場所に踏みつけられた赤い紙マッチを見つけた。

サラが攫われたと分かった時点で出港は取り止めになり、表向きは天候不良のため待機と説明し、ジェドと二人で色々と手を回してくれたらしい。

船を出てからチェスターに助けてもらうまでの大体の経緯は分かった。

沢山迷惑をかけたことを理解して唇を噛む。

チェスターは黙ってしまったサラの頭をポンと撫でると、指を髪に差し込み梳かすように動かした。

「今度はサラに質問だ。誰がどうやって足枷を外したんだ？　もう二度とあんな酷いことはしないと誓うから教えて欲しい」

「…………」

「イヴァンなら足枷の単純な鍵くらい開けられそうだが、アイツの様子を見た限りではアイツの犯行だとは思えない。それに鍵穴に傷は見当たらなかったし、壊した気配もない。魔法でも使ったのか？」

「……言いたくない」

「まさか本当に魔法でも使ったのか？」

「違うけど……迷惑をかけるから……」

「迷惑？　誰に？」

「言わない」

「サラ。今夜はお互いに隠しごとはなしだ。オレはそのつもりで話し合いに臨んだ。サラはそうじゃないのか？」

「それは、そうだけど……」

「なら教えてくれ。大丈夫。今夜のことは二人だけの秘密だ。他には漏らさないし、誰にも迷惑をかけるようなことはしない」

「………」

答えを促されるように顔を寄せられて、サラは迷いながらもアンジェリカの名前を呟いた。

チェスターはまさかアンジェリカの名前がサラの口から出るとは思いもしなかったようで、驚きに目を見開いた。

「……詳しく話してくれないか？　サラから聞いたとはアンジェリカには言わない。約束するから信じて欲しい」

少しだけ罪悪感を覚えながらも、アンジェリカが突然サラの前に現れて、船を案内して外に連れ出してくれたことまでを話す。

あの時は焦っていたから詳細に記憶しているわけではないけれど、それなりに説明できたはずだ。

確かアンジェリカはチェスターの行動に疑問を持っていて、人を雇ってチェスターの行動を探らせていた。そしてサラを船に連れ込んだことを知った。

婚約者がありながら他の女を連れ込むチェスターに怒ったアンジェリカは、泥棒猫に宣戦布告をしようと部屋に乗り込み、拘束されているサラを見て行動を改めた。

「……今の所、もう一度言ってくれないか？　アンジェリカがオレの婚約者？　一体何のことだ？」

「ごまかさなくてもいいわよ。私はもうチェスターの愛人になる覚悟はできてるから、隠さずに堂々としてくれた方がいい」

「そうじゃない。オレはアンジェリカと婚約はしていない」

「でも好きなんでしょう？」

「オレが愛しているのはサラだ」

「……えっと……」

「何で悩むんだ」

「だ、だって、私はアンジェリカの身代わりとして、愛人としてチェスターの子供を産むために連れて行かれるんじゃないの？」

サラの疑問にチェスターは押し黙り、ぐったりとうなだれる。

「どこですれ違っているのか分かった」

チェスターはサラを深く抱きしめ直し、ゆっくりと語り出した。

「アンジェリカはただの幼馴染だ。憧れは抱いていたが、数年ぶりに再会して、恋愛とは別の感情だと気がついた」

「……憧れ？」

「ああ。オレはサラに出会って、人を好きになるとはどういうことかを知った。嫌われても憎まれてもオレのもとに縛り付けたい。こんな激しい感情を自分が持っているなんて、サラに出会うまで知らなかった」

「じゃ、じゃあ、チェスターは……その、愛人や娼婦として私を連れて帰ろうとしてたんじゃなかったってこと？」

「サラを失いたくなくて、心が手に入らないのなら身体だけでも繋ぎ止めたかった。今更信じてもらえないだろうが、サラを娼婦と思って抱いたことはない」

「……うそ……」

「嘘じゃない」

「な、なら、どうして私をイヴァンから買ったの？　お金を払って私を買い取ったってことは、娼婦として必要だったんじゃないの？」

「サラの自由の代償として金という対価を払っただけだ。サラを物として買い取ったつもりはない」

驚き過ぎて暗い気持ちが一気に吹き飛んだ。

肩口に埋めていた顔を上げてポカンとした顔でチェスターを見上げる。

サラの間抜けな顔を至近距離で見つめるチェスターは、幸せそうに頬を緩めると、手のひらをサラの頬に滑らせて目を細めた。優しい眼差しにジワジワと顔に熱が集まる。

（……お、おかしいな……胸が、急にドキドキしてきた。これは……もしかしたら私たちは両想いだったと思って間違いないのかしら）

「オレの気持ちを疑うのか？」

「違うわ！　そうじゃなくて……だって、私はどれだけ頑張ってもチェスターの恋人には相応しくないから、愛人にしかなれないでしょう？」

「隠しごとをしない約束だから包み隠さずに言うと、確かに、今のサラに結婚を申し込んでも家柄で反対されるのは間違いないだろうな。遠縁の親族からも大反対を受ける未来が透けて見える」

「ほら！　だから………え？　あ、あれ？　……結婚？」

「だが方法がないわけじゃない。家柄は血筋だけで決まるものでもないから、サラがジェドの養子になれば、ハンコックの相手として相応しい家を後ろ盾にできる」

「何を、言ってるのか…よく分からない……」

「オレはサラを妻に迎えたい」

「え……」

「それと、どうかオレと一緒に船に乗ってもらえないだろうか。サラの居ない人生なんてオレには考えられないんだ」

「っ……」

まっすぐな眼差しで見つめられ、顔を赤くする。

つい数分前まで愛人でも構わないと強気な宣言をしていたのに、正真正銘の妻になって欲しいと言われると何故か二の足を踏んでしまう。

だって自分はチェスターの隣に相応しいと言ってもらえる自信がないし、何よりチェスターに対しての負い目が消えてくれないのだ。

「私……チェスターの女嫌いが治らなければいいって、ずっと思ってる。チェスターが悩んで苦しんでいるのを知っていながら、裏でこっそり『治るな』って願ってるんだよ。そんな酷い人間なの。それに……」

「それに？」

優しい眼差しに見守られて鼓動が強まる。身体を包む腕に力が込められ、サラはチェスターの胸に顔を寄せた。

自分の気持ちを相手に打ち明けるのは怖いものだ。相手が好きな人なら尚更だ。

嫌われたくないからこそ恐怖を感じて、それでも傍に寄り添いたいと願う。

恋愛とは矛盾の連続だ。好きなのに嫌いと言ってみたり、甘えたいのに冷たい態度をとってしまったり。

「……チェスターのことが好き。一緒に行きたい。結婚のことも……本当はすごく嬉しいの」

チェスターのシャツを握りこむ。

薄らと香る潮の匂いが心地よく思えるのは、この街での暮らしに馴染み始めているからだろう。

シャツに鼻先を押し付ける。

チェスターは少しだけくすぐったそうに肩を揺らした。

「本当のことを言うと……怖いの」

「怖い？」

「……チェスターが私を好きになってくれたのは、特別な立場だからかもしれないって不安が尽きなくて、いつかチェスターの女嫌いが治ったら用済みで捨てられてしまうんじゃないかって……」

「そんなことはない」

「チェスターはそう言ってくれるけど、自信がもてなくて……」

自信のなさが声にも表れ、段々と小さくなってしまう。

チェスターは両手でサラの頬を包み込むと、こつんと額を重ねてきた。

目線を合わせると、チェスターはすごく穏やかな顔をしていて、胸の奥がくすぐったい気持ちになる。

「オレの女嫌いは治らないと証明すれば、サラの不安は消えるだろうか？」

「原因が分からないんでしょう？　証明するなんて無理よ」

「いや、原因はハッキリしている。ただ理由が理由だったからジェドにも言わずに隠していただけだ」

「え……わ、分かってるの？　理由が？　本当に？」

「ああ。あまり気分の良くない内容だが、話してもいいだろうか。できればサラには全てを打ち明けておきたい。オレの今までのことも、これからのことも全部を知って欲しいんだ」

チェスターの口調も声色も変わらない。

ただどこまでも優しい声が耳を撫でるから、チェスターの話したいという気持ちを汲み取るように頷いてみせる。

チェスターは小さく笑い、女嫌いを発症してしまった原因を語り出した。

それは、彼がまだ子供だった頃の話だ。

代々続く貿易商を営むハンコック家は、今のチェスターもそうだが、父親も船で色んな国を訪れては様々な商談を成功させてきた。

チェスターは父親のことを『父親としても商売人としても尊敬している』と表現して、『けれど、母からしたら違った』と続けた。

仕事で一度海に出ると簡単には家に帰れない。そのせいで元々心が弱かった母親は精神を病んでしまい、愛する夫の面影を色濃く残すチェスターを自分の夫だと思い込むようになってしまった。

最初は名前を間違えられる程度だったらしい。しかし徐々に歪みは広がり、ある日とうとう母親に男として求められた。

その時のことはチェスターもよく覚えていないらしい。自分を守るために心が記憶を封じ込めているのかもしれない。それでも襲われた事実は消えず、チェスターの中に植え付けられたトラウマが異性を拒否させるようになった。

チェスターは異変に気づいた父親に保護される形で貿易船に乗るようになり、母親は療養のために母方の実家で静かな生活を送り始めたが、心に巣くうトラウマは簡単に消えてはくれなくて、今に至ってしまった。

「そんなことがあったのね……」

かける言葉が見つからない。サラは慰めの言葉の代わりに手を伸ばして髪を撫でると、チェスターはくすぐったそうに笑った。

「チェスターはどうして私だけ平気なのかは分かってるの？」

「オレの勝手な想像になるが、多分サラとの出会い方のせいだろうな」

「出会い方？」

「オレは異性を前にすると無意識に身構える癖が付いていた。だが、サラは突然飛び込んで来ただろ？　オレが身構える前に内側に入り込んで来たから、サラにだけ苦手意識が反応しないんだと思う」

「あの時は下敷きにしてごめんなさい」

「そこは受け止めてくれてありがとうと言ってもらいたい」

手と手が重なって指が絡められる。

「サラとの出会いは奇跡だったんだ」

「……相変わらず言うことが気障っぽいのね」

「嫌か？」

「ううん。私も……奇跡だと思う」

サラが借金取りに追われて港に逃げ込んでいなかったら。チェスターがあの時間にあの場所を歩いていなかったら。

一つでも条件がズレていたら、二人は今こうして抱き合ってはいなかった。

今のこの瞬間に一緒にいられる奇跡を手放したくない。

（私は明日、チェスターと一緒に船に乗るわ）

チェスターの温もりに包まれて安心したサラは、言葉にし辛い気持ちを伝えるように、チェスターの首に腕を回して抱き着いた。

何も言わずに抱きしめ返してもらえる幸せが少し怖い。きっとこの幸せは、とても不安定な場所にあって、不安などの小さな風が吹くたびに頼りなくグラグラと揺れてしまうのだろう。

だから、しっかりと支えないと駄目だ。幸せが零れ落ちてしまわないように、強くチェスターと抱き合いたい。

伏せていた睫毛を上げて、潤んだ瞳をチェスターに向ける。チェスターはサラの視線の意味を汲み取り、少しだけ迷うような表情を見せると、サラの額に優しいキスをしてくれた。

唇ではなくて額を選んだのは、チェスターなりの気遣いだろう。

サラはキスの感触が残る額に指で触れると、そうじゃないと主張するようにチェスターの肩に手を置き直し、自ら唇を押しつけた。

触れるだけのキスを交わし、せがむように薄い唇を甘噛みする。

「……サラ、あんまり可愛いことをしないでくれ」

「いやだ。もっとキスがしたい。それだけじゃなくて、チェスターの全部が欲しい」

「……あんなことが起きたばかりだし、今は休んだ方がいい。オレも最低なことをした自覚があるから、サラが許してくれるまでは待つと決めたんだ」

「許すわ。だから今抱いて。謝りたいのなら、今までのことを忘れさせるくらいに優しくして」

「サラ……」

「そうしたいの。お願いチェスター」

「だが……」

言葉を濁すチェスターから宥める発言が出る前に、サラは再びキスを仕掛けた。

チェスターは驚きに目を丸くしたが、サラの意志が固いと悟ったのか、それともキスで理性が崩れたのか、身体に回した腕に力を籠め、深く抱き寄せた。

「……んっ、チェスター」

「サラ」

勢いのままに舌を絡め合い、何度も何度もキスを交わす。

サラの唾液で濡れたチェスターの唇は、頬や首筋にも触れていく。鎖骨の柔らかい皮膚を吸われ、濃い色の痕が残されると、嬉しい気持ちになるのは何故だろう。

チェスターは身体を捩ると、ソファーの上にサラを横たえた。

長い指先で花柄のワンピースをするりと乱され、胸の膨らみを包み込まれる。どこまでも優しい触れ方にもどかしさすら感じてしまいそうだ。

「ち、小さくて、ごめんね」

「どうして謝るんだ？　オレ好みでこんなに可愛いのに。許されるなら、ずっと愛でていたいくらいだ」

「そ、それは……恥ずかしいから……」

先端の飾りを口に含まれ転がされる。たまらずハァっと吐息を零すと、ふいに太ももを撫でられて身体がビクリと反応する。

チャスターの指が焦らすように時間をかけて下肢へとたどり着くまでに、下着は恥ずかしいくらいに濡れてしまっていた。

布の上から敏感な場所をなぞられ、甘い痺れに肌が粟立つ。

「……っ」

「唇を噛むな。傷がつく」

チェスターは自らの指をサラの唇に押しつけて、そのまま口の中に入れてしまった。

指先で舌を撫でられる感触は、キスに似ているようで似ていない。でも、どちらも同じように快楽を感じられた。

甘美な思考に蕩けたサラは、口の中のチェスターの指に舌を這わせ、チュッと吸い付いた。

すると、チェスターが煽られたように頬を染めたのを目撃して、サラは夢中になってしゃぶりつく。指全体を口に含み、舌先を使ってくすぐると、脚に当たるチェスターの昂りがより一層硬くなったような気がした。

「んっ、ん…」

「サラ」

「あ……チェスター…」

花弁への愛撫も再開され、濡れた下着が脱がされる。

いつもこの瞬間は恥ずかしい。

溢れ出した愛液が弄られるたびにいやらしい水音を立てる。

チェスターはサラの蜜の滑りを利用して秘部を解し、奥まった場所にあるサラの弱点を責め立てる。

「あ、ふっ……そこ、は……」

「サラの好きな所だ」

「……意地悪っ」

「サラが可愛いから、つい意地悪したくなるんだ」

膝を割られ、脚の間にチェスターの身体が入り込んだ。

上から押し倒されるように抱きしめられると、チェスターとより密着して体温が直に伝わる。

「チェスター……」

「挿れてもいいか？」

熱のこもった声が色っぽい。

ゾクリと体に走ったのは快感だろう。チェスターの声にすら感じてしまうことを知り、サラは自分が思っている以上にチェスターのことを好きなのだと自覚できた。

コクッと頷く。

チェスターは嬉しそうに笑ってサラの額に唇を落とすと、己のモノをサラの秘部へと宛がった。

腕を伸ばしてきつくチェスターに抱き着く。

チェスターもサラをしっかりと抱き留めると、ゆるりと腰を動かした。

(気持ち……いい…、身体だけじゃなくて、心まで全部蕩けてしまいそう……)

ソファーの狭さも、今だけは気にならなかった。何も考えられないと言った方が正しいかもしれない。

大きく身体を揺さぶられて喉をのけ反らせる。

悲しみの記憶を幸せの記憶で上書きするかのように、二人は強く求め合い、身体を重ねた。

温かい涙がサラの頬を流れる。

「サラ」

「チェ、スター……っ、もう」

切羽詰まった声で縋るサラに、チェスターは自分の限界も近いことを伝えると、サラはチェスターの手に指を絡めた。

「一緒にっ……」

熱に浮かされたサラの視界で、チェスターの頷く姿が見える。サラは顔を綻ばせたが、身体と心に溜まった疲れのせいで、そのまま気を失うように眠りの淵へと沈んでいった。

＊　＊　＊

しっかりと繋がれたままの手を見下ろしたチェスターは、穏やかに微笑みながら眠ってしまったサラの頭を撫でる。

その後、深夜と明け方の丁度真ん中の時間帯に屋敷にやって来たジェドは、チェスターの膝枕ですやすやと眠るサラを呆れた顔で眺めながら、イヴァンが捕まったことと、娼婦たちの証言からサラを襲った男たちを見つけて投獄まで終わらせたことを告げた。

「男たちは金で雇われてサラを襲ったと言っていた。雇い主は顔を隠していたから誰かは分からないが、女だったそうだ」

「女……か」

「サラから犯人を特定できるような話は聞き出せたのか？」

チェスターはジェドの問いかけにアンジェリカの名前を出そうとしたが、サラと約束したことを思い出して口を閉じた。

誰にも言わない約束を守るためにアンジェリカの名前を伏せ、怪しいと思っている人物はいると言い方を変える。

「誰だ？」

「ジェドは以前からアンジェリカを苦手としているが、その理由を今まで聞いたことがなかったな。どうしてだ？」

「今更な質問だな。アンジェリカを疑っているのならそう言えばいい」

不愛想に眉間に皺を寄せたジェドは、今までチェスターの代理で参加した社交界で、病弱で療養しているはずのアンジェリカの姿を何度も見かけていることや、そのたびに違う男と消えていることなどを話した。

アンジェリカは実際は持病など抱えておらず、チェスターからの膨大《ぼうだい》な援助金で優雅に暮らしているのだと暴露した。

今まで黙っていたのはアンジェリカがハンコックの家に相応しい家柄であることと、ハンコック家が彼女の散財ごときで傾くような家ではないと確信していたからだ。

だから無理に正体を暴いて仲を引き裂くことはしなかったが、内心ではずっとチェスターのことを女の趣味が悪いと思っていたらしい。

ジェドの正直過ぎる言い方にチェスターが苦笑いする。

「確かにオレはアンジェリカに憧れていたから、色々な部分を見て見ぬふりをしていたのかもしれないな」

「それでどうするんだ？　アンジェリカがサラの誘拐に関わった線は濃厚だが、証拠は弱い。実行犯の証言だけで貴族であるミーリック家を追い詰めるのは難しいぞ」

「そうだな……」

チェスターはサラがアンジェリカに足枷を外してもらったと証言したことから、アンジェリカが男たちを雇ったと確信していた。

だが、アンジェリカを訴えるとなると証人としてサラの証言を出さなければならなくなる。

助けてもらったと思っているサラにアンジェリカの不利になる証言をさせるのは酷だし、何より貴族であるアンジェリカを裁判にかければ、証人のサラの身辺が暴かれてしまう可能性がある。

何かしらの罰を与えたいのは山々だが、サラを守るためには騒ぎを大きくすることは避けたい。

チェスターが最終的に選んだのは、『何もしない』という実にシンプルな方法だった。

一見すると甘い対応に思えてしまうかもしれないが、アンジェリカの家であるミーリック家は財政がかなり厳しく、幾度となくハンコック家に資金援助を受けている。それに加えてアンジェリカの療養のための援助金も支払われていたのだが、これは全てチェスターの厚意によるものだった。

何もしないという言葉は、罪を問わない代わりに金銭的な援助も今後の助けからも手を引くという意味になる。ミーリック家はすぐに首が回らなくなるだろう。

「アンジェリカをサラに近づけたくないから乗船も断るつもりだ。何かそれらしい理由は思いつくか？」

「対処は俺がしておこう。俺がアンジェリカを苦手なように、アンジェリカも俺を苦手だから話をつけやすい」

「面倒をかけてすまないな」

「いつものことだろ」

当たり前のように返事をされてチェスターが笑う。ジェドはそんなチェスターの肩をポンと叩くと、颯爽と部屋を後にした。

＊　＊　＊

サラが呑気に眠っている間に、残されていた問題の片づけは終わっていたようだ。

夜が明けると、前日の強い雨が嘘だったかのような晴天で、ギラギラとした太陽の暑さに陽炎《かげろう》が揺らめいている。

絵に描いたような出港日和だ。

「すごいわ！　キレイ！」

チェスターに連れられて馬車から港へ降りたサラは、大きな船を前にして改めて歓声を上げる。

逃げ出す時は焦っていてじっくり見ている暇などなかったが、美しい曲線が波と太陽に照らされていてとてもキレイだ。

出港のために慌ただしく動き回っている船員たちがチェスターの姿を見つけて元気よく

挨拶をしては、隣の見慣れぬサラに不思議そうな顔を向ける。

「船を出したらこの街には簡単に戻って来られなくなる。やり残したことがあるなら今の内にやっておいた方がいいぞ」

「大丈夫。私の準備はバッチリよ」

「それは頼もしいな」

「あ！　でも、チェスターに渡しておきたいものがあったんだわ。これを受け取って」

サラが差し出した紙を受け取ったチェスターは、ジェドのサインが書き込まれた小切手に首を傾げる。

仕事の成功報酬として正式に受け取った小切手は鞄ごと売春宿に置いて来てしまっていたはずなのに、朝起きたら屋敷に戻されていたのだ。

泥と雨と誰かに踏まれたせいで鞄はボロボロだったが、本に挟んでいたおかげで小切手は無傷のまま残っていた。

「どうしてこれをオレに？」

「私をイヴァンから買い取ってくれたお金を返そうと思って。足りない分はこれから稼ぐから、もう少しだけ待っていて欲しい」

「……返さなくていいと言ったら怒られそうだな」

「怒るわよ。だってこれは私のケジメなの。少しでもチェスターに相応しくなりたいから、私のためにも受け取って」

小切手を持ったチェスターの手を彼の身体の方へグイグイと押しつけるサラに、チェスターは困ったように笑いながらも受け取ってくれる。

チェスターはサラの自由のためにお金を支払ったと言ってくれたけれど、頼りっ放しではいたくなかった。

上着に小切手がしまわれるまで見張るようにチェスターを見つめていると、寝不足な顔をしたジェドが声をかけて来た。

「朝っぱらから元気だな」

「おはようジェド。あの、昨日はありがとうございました」

自分を助けるために色々と手を貸してくれたことはチェスターから聞いているので、迷惑をかけたことへの謝罪も含めて深々と頭を下げてお礼を言う。

ジェドは感情の読めない顔でサラを見下ろすと、突然指先でサラの鼻頭をギュッと摑んだ。

「わっ！　な、何？」

「お辞儀の角度が不合格だ。これからはロングフェローの名に泥を塗らないように徹底的にマナーと常識と教養を叩き込む。俺はチェスターみたいに甘くないから覚悟しておけ」

「う、うん！　あ、違うか。はい！　頑張ります！」

「今更だ。いつもの言葉づかいでいい」

「あの、ジェド……、本当に私を養子にしてもいいの？」

「そうしなければハンコック家の血筋が途絶えると脅されたから、仕方なく認めただけだ」

「脅された？」

「お前の後ろで無害を装って笑っている男が犯人だ」

眉間に皺を寄せてサラの背後を睨むジェドの視線を辿って振り返ると、爽やかな笑みを浮かべたチェスターに行きついた。

サラの知らぬ間に、彼らの間でどんな会話がなされたのか興味が湧く。

だがチェスターはサラに知られたくないのか、曖昧な態度でごまかそうとするので、後で酔わせて聞き出すことにする。

「そういえば、ジェドの家の養子になるということは、私はジェドの妹になるのよね。兄ができるのは初めてだから少しだけ照れるわ」

「違うぞサラ。ジェドは両親が居ないから、サラの立ち位置はジェドの娘だ」

「娘？　私が？　ジェドの？」

「そうだ」

「……………お父さんって呼んだ方がいい？」

「やめろ」

「ならオレはお義父さんと呼ぶべきかもな」

「海に落とされたいかチェスター」

サラの真剣な提案にジェドが即答で拒否をし、からかい目的のチェスターの発言は断固とした態度で弾かれる。

強く睨みつけるジェドにチェスターは楽しそうに笑ったが、「お前がその調子で軽口を叩くなら、父親としてサラとお前との付き合いは認めない」と言い出すから、大慌てで謝っていた。

和やかなやり取りに思わず笑いが込み上げる。

声を出して笑うサラを振り返ったチェスターとジェドは、顔を見合わせて力が抜けたように相好を崩した。

「さて、そろそろ行くか」

気持ち良さそうに空を飛ぶ海鳥に導かれながら船にかけられたタラップに向かおうとしたサラは、大声で名前を呼ばれて声のした方を振り返る。

自分を見送ってくれる人など居ないと思い込んでいたが、そうではなかったらしい。穏やかな笑みを浮かべるローズマリーの姿を見つけて思わず彼女のもとへ走り寄った。

「ローズマリー！　どうしてここへ？」

「サラを見送りに来たの。貴女のおかげで自由になれた。そのお礼と、これからのサラの幸運を祈りに」

「……………ありがとう……」

「またいつか会いましょう。私たちはずっとサラのことを忘れない」

「私も忘れないわ、ローズマリー。幸せになってね」

差し出された白い花束を受け取る。

この街に着の身着のままで逃げ込んだ時は何も持っていなかったはずなのに、今はこんなにも沢山の思い出を手に入れることができた。

「サラ、行くぞ！」

「うん！」

「元気でねサラ。今度はあの男の手を離しちゃ駄目よ」

「大丈夫、もう離さないわ」

ローズマリーに大きく手を振ってチェスターの方へ足を踏み出そうとしたサラは、一度後ろを振り返り、チェスターと出会えた街を目に焼き付けるように見渡した。

（また戻って来られるわよね。その時はチェスターと一緒がいいな）

街にお礼を言うように睫毛を伏せてから海へと顔を向けると、愛しい人の優しい笑顔が飛び込んできて、頬が緩んだ。

今すぐにでも駆け寄りたい気持ちをグッと堪えて足を止める。

立ち止まってしまったサラを見てチェスターが少し心配の表情を浮かべたから、いつもの仕返しとばかりに意地悪な笑みを浮かべて大声で彼の名前を呼んだ。

「チェスター！　受け止めてくれる？」

サラのちょっとした悪戯にチェスターも面白そうに笑みを深め、「あぁ、もちろんだ」

と両手を広げてくれた。
出会った日のことを思い出しながら地面を思い切り蹴って走り出す。
勢いよく飛び込んだチェスターの腕の中で、サラは最高の幸せを噛み締めていた。

あとがき

最後まで読んでいただき、ありがとうございました。

今回、初めて執筆の話をいただき、とても嬉しかったのですが、同じくらいきちんと書くことができるだろうかと不安を抱えておりました。

それでも何事も挑戦だと考え、精一杯頑張りました。

私の勢いだけで書いた「文章」が、編集さんのお力添えで「小説」になり、ひのもといちこさんや様々な方のお力を借りて「商品」になっていく過程は、想像していた以上に楽しく、大変勉強になりました。この経験は、私のかけがえのない宝物です。

不慣れなせいで色々ご迷惑をおかけしてしまったこと。サラとチェスターを素敵に描いていただけたこと。この場をお借りしてお詫びとお礼を申し上げます。


物語はお楽しみいただけましたでしょうか？

サラとチェスターの想いが通じ合い、ハッピーエンドを迎えましたが、二人の恋はこれで完結ではなく、これからが始まりです。

今後の二人がどうなるのか、幸せな未来をご想像いただけたら幸いです。

飯塚まこと

この本を読んでのご意見・ご感想をお待ちしております。

◆ あて先 ◆

〒101-0051
東京都千代田区神田神保町2-4-7 久月神田ビル
㈱イースト・プレス　ソーニャ文庫編集部
飯塚まこと先生／ひのもといちこ先生

抱《だ》いてください、ご主人様《しゅじんさま》!

2017年3月7日　第1刷発行

著　　者　飯塚《いいづか》まこと
イラスト　ひのもといちこ
装　　丁　imagejack.inc
D T P　松井和彌
編集・発行人　安本千恵子
発 行 所　株式会社イースト・プレス
〒101-0051
東京都千代田区神田神保町2-4-7 久月神田ビル
TEL 03-5213-4700　FAX 03-5213-4701
印 刷 所　中央精版印刷株式会社

ISBN 978-4-7816-9596-9
定価はカバーに表示してあります。

Sonya ソーニャ文庫の本

『ここへ、おかえり』 宇奈月香
イラスト ひのもといちこ